SOCIALISMO LIBERALE

CARLO ROSSELLI

Texte et illustration de couverture : © domaine public
Edition : Culturea (Hérault, 34)
Contact : infos@culturea.fr
Retrouvez notre catalogue sur http://culturea.fr
Imprimé en Allemagne par Books on Demand
Design typographique : Derek Murphy
Layout : Reedsy (https://reedsy.com/)

Dépôt légal : janvier 2023

ISBN : 9791041842193

Prefazione

Questo libro ha una piccola storia che vale a spiegarne le piú evidenti lacune e la mancanza di note e di corredo bibliografico. Lo scrissi nascostamente a Lipari, isola di deportazione fascista, pochi mesi prima della mia evasione. Risente quindi dello stato di particolare tensione in cui lo venni scrivendo, costretto com'ero a tutte le astuzie per sottrarlo alle frequenti perquisizioni (un vecchio pianoforte lo ospitò lungamente).

Piú che un libro organico vuol essere la confessione esplicita di una crisi intellettuale ch'io so molto diffusa nella nuova generazione socialista.

Questa crisi è pur sempre la crisi del marxismo, ma ad uno stadio infinitamente piú acuto che non fosse trent'anni or sono quando apparve il noto libro di Bernstein. Sono in giuoco ormai i fondamenti primi della dottrina, e non le sole pratiche applicazioni. È la filosofia, la morale, la stessa concezione politica marxista che ci lascia profondamente insoddisfatti e ci sospinge per nuove strade verso piú ampi orizzonti.

Ho espresso il mio pensiero con franchezza assoluta, convinto che solo la coraggiosa revisione delle sue premesse morali e intellettuali potrà ridonare al socialismo quella freschezza e quella forza espansiva che da troppi anni gli mancano.

Nella parte ricostruttiva del libro mi sono proposto di offrire, sia pure di scorcio, il quadro di una rinnovata posizione socialista che io amo chiamare socialista liberale. Dal punto di vista storico questa formula sembra racchiudere una contraddizione, poi che il socialismo sorse come reazione al liberalismo – soprattutto economico – che contraddistingueva il pensiero borghese ai primi dell'ottocento. Ma dall'ottocento ad oggi molto cammino si è fatto e molte esperienze si sono accumulate. Le due posizioni antagonistiche sono andate lentamente avvicinandosi. Il liberalismo si è investito progressivamente del problema sociale e non sembra piú necessariamente legato ai principî della economia classica, manchesteriana. Il socialismo si va spogliando, sia pure faticosamente, del suo utopismo ed è venuto acquistando una sensibilità nuova per i problemi di libertà e di autonomia.

È il liberalismo che si fa socialista, o è il socialismo che si fa liberale?

Le due cose assieme. Sono due visioni altissime ma unilaterali della vita che tendono a compenetrarsi e a completarsi.

Il razionalismo greco e il messianismo d'Israele.

L'uno domina l'amore per la libertà, il rispetto delle autonomie, una concezione armoniosa e distaccata della vita.

L'altro una giustizia tutta terrena, il mito della eguaglianza, un tormento spirituale che vieta ogni indulgenza.

Nella sua prefazione all'Histoire du peuple d'Israel, Renan, grandissimo ammiratore della civiltà greca, confessa che «Le libéralisme (grec) ne sera plus seul à gouverner le monde. L'Angleterre et l'Amérique garderont longtemps des restes d'influence biblique, et, chez nous, les socialistes ,élèves sans le savoir des prophètes, forceront toujours la politique rationnelle à compter avec eux».

Ma è possibile qualificare una politica come razionale, se non tien conto in primissimo luogo dell'idea di giustizia?

C. R.

Capitolo I: Il sistema marxista

L'orgoglioso proposito di Marx fu quello di assicurare al socialismo una base scientifica, di trasformare il socialismo in una scienza, anzi nella scienza sociale per definizione. Di qui il disdegno per i predecessori e il ripudio d'ogni posizione moralistica. Con le due grandi scoperte, dice l'Engels in Evoluzione del socialismo dall'utopia alla scienza, della concezione materialistica della storia ed il segreto della produzione mediante il plus valore, «il socialismo divenne una scienza, che occorre adesso elaborare piú ampiamente in tutti i suoi particolari».

Al socialista Marx non chiedeva piú atti di fede e romantiche dedizioni: anzi egli diffidava dei cavalieri dell'ideale. Al socialista chiedeva il sano impiego della fredda ragione, il coraggioso riconoscimento della realtà storica. Il socialismo era nei fatti, nel meccanismo intimo della società capitalistica: non nei cuori degli uomini. Doveva avverarsi, non poteva non avverarsi; e si sarebbe avverato non per opera di una immaginaria volontà libera degli uomini, ma di quelle forze trascendenti e dominanti gli uomini e i loro rapporti che sono le forze produttive nel loro incessante svilupparsi e progredire. Il socialismo scientifico, usava dire Antonio Labriola, autorevolissimo interprete del marxismo, afferma l'avvento della produzione comunista non come un postulato o un oggetto di libera scelta, ma come il risultato del processo immanente della storia.

I principî di cotesta scienza marxista sono cosí universalmente noti che qui basterà farne un semplice richiamo:

Marx assume come fondamentale negli uomini il bisogno economico. Per la progressiva soddisfazione di questo gli uomini sono costretti a ricorrere a metodi e rapporti di produzione che sono indipendenti dalla loro volontà. Le forze produttive sono il fattore determinante del processo storico. Tutti i fenomeni della vita sociale, politica, spirituale, hanno carattere derivato, relativo, storico, in quanto sono un prodotto del modo e dei rapporti di produzione.

Il processo storico è la risultante di una immanente legge dialettica, di un ritmo delle cose; si svolge cioè in virtú e attraverso un perenne contrasto, che nei momenti critici si fa drammatico, tra le forze espansive della produzione e le forze conservatrici simbolizzate dai preesistenti rapporti sociali. Il passaggio da una fase produttiva all'altra si avvera per una ferrea intrinseca necessità ad opera di leggi storiche, correlative ai vari sistemi produttivi.

Espressione di questo contrasto tra forze di produzione e forme cristallizzate di vita sociale è la lotta di classe. Tutta la storia si risolve in una indefinita serie di lotte di classi. Questa lotta è sempre terminata col trionfo delle esigenze della produzione, cioè con la vittoria politica della classe che queste esigenze, anche inconsapevolmente, impersona.

Il sistema capitalistico di produzione è anch'esso lacerato da una contraddizione intima insuperabile tra il carattere sempre piú collettivo del sistema produttivo e quello individuale e monopolistico del sistema di appropriazione dei mezzi di produzione e di scambio. I rapporti borghesi di produzione, di traffico e di proprietà, condizione della vita e del dominio della classe borghese, urtano sempre piú fortemente contro le necessità di vita e di sviluppo delle forze produttive.

Questa contraddizione, per effetto della legge dinamica che presiede allo svolgimento capitalistico, condurrà necessariamente alla negazione del regime borghese (categoria del valore che genera quella del plusvalore, che a sua volta genera l'accentramento dei capitali, l'immiserimento progressivo dei proletari, la scomparsa dei ceti medi, la sovraproduzione, la crisi).

Manifestazione di questo contrasto è la lotta sempre piú risolutiva tra proletariato e borghesia. Essa terminerà necessariamente – a meno di una catastrofe sociale – con la vittoria del proletariato che si fa portatore delle esigenze espansive delle forze di produzione. Il proletariato conquisterà violentemente il potere politico e abolirà il modo borghese di appropriazione, contraddittorio con le necessità di una produzione sempre piú collettiva, socializzando i mezzi di produzione e di scambio. Lo Stato e tutte le differenze di classe scompariranno. Dalle rovine della società borghese sorgerà una società di liberi e di eguali in cui lo sviluppo prodigioso della produzione, non piú ostacolato dal sistema monopolistico dei rapporti sociali, fornirà a ciascuno la possibilità di soddisfare pienamente i suoi materiali bisogni e libererà l'umanità dalla schiavitú delle forze materiali.

Questo, in succo, il pensiero costante di Marx, proclamato nel Manifesto dei Comunisti (1847), riaffermato con frasi lapidarie nella prefazione alla Critica dell'economia politica (1859), svolto e illustrato nel Capitale (1867), riconfermato sino alla morte. Pensiero nettamente deterministico, rispetto al quale gli sforzi interpretativi di un Sorel, di un Labriola, di un Mondolfo per avvalorare una interpretazione che faccia posto ad una autonoma funzione degli uomini nella storia, sono sempre naufragati. Il sistema marxistico è determinista, o non è. Non è, intendo, come sistema organico di pensiero. Ogni qualvolta Marx ha voluto di proposito riassumere i suoi intendimenti e la portata delle sue tesi, lo ha fatto con parole che non lasciano adito a dubbi. Tralascio il famoso brano del 1859 nella prefazione alla Critica dell'economia politica che anche i piú modesti cultori di studi marxistici hanno presente per ricordare che Marx, nella prefazione al Capitale, avverte che la società moderna non può saltare e sopprimere con decreti niuna delle fasi del suo sviluppo naturale; può solo accorciare il periodo della gestazione e del parto. A queste fasi presiedono leggi naturali e tendenze che si adempiono con ferrea necessità. Sul carattere necessario, addirittura fatale, della evoluzione delle forze produttive e di tutto il processo storico, Marx ritorna meditatamente con lo squarcio famoso contenuto nell'ultimo capitolo del I volume del Capitale che termina con la frase «... la produzione capitalistica genera essa stessa la propria negazione con la fatalità che presiede alle metamorfosi della natura». Proprio in questa pagina conclusiva Marx sente il bisogno di richiamare, a prova della sua perfetta coerenza, le pagine parallele del Manifesto, fornendone cosí, a venti anni di distanza, una interpretazione decisiva.

Sei anni dopo, rendendo conto di una lunga geniale recensione della sua opera, fu sua esplicitamente la frase del finissimo critico russo: «Marx considera il movimento sociale come una naturale concatenazione di fenomeni storici, concatenazione sottoposta a leggi che non solo sono indipendenti dalla volontà, dalla coscienza e dai disegni dell'uomo, ma che invece determinano la sua volontà, la sua coscienza e i suoi disegni...» Bernstein certo protesterebbe in modo veemente contro questa sintetica interpretazione. Ma Marx, che è l'unico e piú vero giudice in materia, non solo non protestò, ma la fece sua con compiacenza, lodando l'autore per la sua acutezza.

Si potrebbero citare innumeri brani di Marx a conforto di questa interpretazione deterministica. Ma piú che le parole vale lo spirito generale che pervade l'opera sua, la impostazione di tutti i problemi che egli ebbe ad affrontare. Le necessità della polemica contro gli utopisti e gli ideologi borghesi, potranno avere indotto Marx – secondo riteneva Engels nella sua vecchiaia – ad accentuare l'aspetto deterministico del sistema: non mai però a capovolgerne l'aspetto essenziale.

Certo il determinismo marxista ha un valore tutto convenzionale e relativo. Quando Marx dichiara le forze materiali di produzione fattore determinante del processo storico, egli si arresta consapevolmente ad un anello della catena deterministica. Ma non è che ignori le maglie antecedenti:

Marx ha insistito piú volte sull'influsso dei fattori naturali e ambientali, e, in special modo, sulla razza. Solo che assume questi dati come costanti. Ciò che lo interessa sono le variazioni dei fenomeni sociali all'interno di questo ambiente che assume come fisso, e la legge di queste variazioni. Ad esempio: i caratteri naturali e antropologici della regione britannica possono a buon diritto considerarsi come costanti nel periodo 17601830. Si domanda a che sono dovute le profondissime trasformazioni seguite nei rapporti sociali inglesi, e, piú in generale, i fondamentali eventi storici del periodo. Marx senza esitazione risponde: alla trasformazione del modo di produzione. È ben noto quale enorme influenza esercitò su di lui e su tutti gli scrittori del periodo l'esperienza della rivoluzione industriale, in cui veramente la macchina e il sistema di fabbrica si rivelarono come i demiurghi. Ma è anche ben noto come Marx non azzardò mai la dimostrazione della sua tesi storiografica generale, la quale è frutto di una arbitraria estensione analogica delle conclusioni cui era pervenuto nella possente analisi dei primordi del sistema capitalistico.

Ora il problema centrale del marxismo, come dottrina del moto proletario, sta nel ruolo che esso assegna all'elemento umano, al fattore volontà.

Nel periodo giovanile Marx, sotto l'influsso di Feuerbach, aveva rivendicato il carattere puramente umano della storia contro ogni alienazione a favore di forze trascendenti. Ma questa rivendicazione, dapprima piena e sostanziale, perde via via di contenuto e di significato col precisarsi della sua dottrina, sino a ridursi ad un residuo tutto polemico e formale. Nel sistema marxista abbiamo a che fare con una umanità sui generis, composta di uomini per definizione non liberi, operanti sotto la spinta del bisogno, costretti a ricorrere a metodi produttivi indipendenti dal loro volere e ad accedere a rapporti sociali imperativi. Essi hanno un solo titolo per essere considerati fattore efficiente del processo storico: l'essere parte integrante del meccanismo produttivo. Gli altri aspetti sono derivati e secondari, funzione dello sviluppo delle forze produttive. E solo acquisteranno pieno valore e autonomia funzionale in una società comunista, perché allora, e solamente allora, si libereranno dalla schiavitú verso le forze materiali. Psicologicamente parlando, l'uomo di Marx non è che l'homo oeconomicus di Bentham. Questa è la sua costante psicologica, allo stesso modo della razza, del clima, ecc. Le reazioni che questo homo oeconomicus offre non sono reazioni spontanee ed autonome, ma determinate dal modificarsi dei rapporti produttivi e quindi dei rapporti sociali. È appunto partendo da questa costante psicologica che Marx assume come pacifico che i proletari si rivolteranno non appena si saranno loro rivelati lo stato di soggezione in cui versano e le cause di questa soggezione. Ma è chiaro che la causa determinante di questa rivoluzione interiore non risiede in loro, ma nel meccanismo esteriore della produzione capitalistica.

L'intimo fuoco del marxismo sta tutto in questo concetto della necessità storica dell'avvento della società socialista, in virtú di un processo obbiettivo e fatale di trasformazione di cose. (Anche le coscienze si modificheranno, ma secondo una linea necessaria e prestabilita dalla «costante» psicologica). Togliere o attenuare questo concetto significa far crollare l'intero sistema. Se davvero Marx avesse assegnato alla volontà umana una influenza autonoma nello svolgersi del processo storico; se, come vogliono i revisionisti, avesse affermato che tra forze materiali di produzione e coscienza sociale il rapporto è di interdipendenza e non di causa e effetto – come avrebbe potuto enunciare con tanta categorica certezza la sua legge di sviluppo del capitalismo? <Per farlo avrebbe dovuto possedere una eguale categorica certezza intorno alle leggi dominanti la vita intima e il meccanismo psicologico degli uomini. Ma donde avrebbe tratto questa certezza?

La psicologia sperimentale è una scienza giovane; e anche oggi siamo ben lungi dal possedere certezze categoriche in materia. Mentre Marx si è sempre disinteressato dei problemi di psicologia individuale e collettiva.> Sarebbe assurdo che Marx avesse dedicato tutta la sua vita a studiare una faccia del problema – quella relativa al mondo esteriore – e si fosse invece totalmente disinteressato dell'altra faccia, relativa al mondo della coscienza.

È chiaro che l'introduzione del fattore «volontà umana» nel processo storico, significa escludere a priori ogni valore scientifico a una previsione sociologica. Infatti o si ammette una sfera di libertà, per quanto condizionata, nella vita dello spirito, nel modo d'essere della coscienza, o non la si ammette. Se la si ammette cade il concetto di necessità storica, e sorge l'alternativa. Si introduce cioè quell'elemento di dubbio che nel sistema marxista difetta totalmente. O non si ammette questa sfera di libertà, cioè si ritiene che la volontà umana, date le circostanze, debba dirigersi in un senso determinato e allora la volontà umana, nel suo manifestarsi, viene ricacciata al rango di effetto e non piú di concausa. In ambo i casi il tentativo di conciliare il sistema marxista con una interpretazione non deterministica, cade.

Ci sono inoltre varie altre prove indirette del determinismo implicito nel sistema marxista. Se Marx avesse assegnato una influenza autonoma e determinante alla volontà umana, non si spiegherebbe il suo scherno per tutti coloro che appoggiavano le rivendicazioni proletarie sul terreno della morale e del diritto. Se la volontà deve intervenire, tutti gli stimoli che concorrono a volgerla nel senso auspicato debbono essere potentemente incoraggiati. Invece egli considera come profondamente errata e pericolosa una propaganda socialista facente appello a un principio di giustizia.

In Marx è sempre presente la preoccupazione di tradire, nell'impeto della polemica, il fondo storicistico del suo pensiero. Egli ha sempre cura di avvertirci che il suo punto di vista «meno di qualsiasi altro» può rendere l'individuo responsabile dei rapporti dai quali egli socialmente deriva, «checché faccia per districarsene». Le leggi immanenti della produzione capitalistica si impongono ai capitalisti come «leggi coercitive esterne». La loro volontà è fuori giuoco. È bene anzi che essi non tentino di ribellarsi al ruolo che loro impone la dialettica storica. Perderebbero il loro tempo e ritarderebbero i futuri svolgimenti.

Il proletariato, dal suo canto, non può accusare il capitalismo in linea morale e giuridica. Morale e diritto sono categorie storiche, puri riflessi delle correlative strutture economiche. I capitalisti hanno le carte in regola con la morale e il diritto propri dell'era capitalistica. Se sfruttano i proletari, cioè se pagano loro solo una frazione del valore che producono, non fanno che obbedire alle «leggi immanenti» di scambio in regime capitalistico. Per essere a posto coi principî economici, giuridici e morali del capitalismo il capitalista non ha che da fornire al salariato i mezzi – in moneta – per vivere e riprodursi. Se si comportasse diversamente egli verrebbe meno alla sua funzione sociale di «fanatico agente dell'accumulazione». Il lavoratore non può protestare. Se egli perde il soprappiú di valore che il lavoro umano – e solo esso – ha la virtú di produrre, lo perde per una necessità storica inderogabile. Il profitto è altrettanto naturale, in questa fase storica, quanto il macchinismo, la divisione del lavoro, il sistema di fabbrica, il salariato, il mercato mondiale, le crisi... I borghesi, scrive sempre Marx, hanno perfettamente ragione di sostenere che l'odierna ripartizione è «giusta», perché in realtà «essa è l'unica "giusta" ripartizione sulla base della odierna forma di produzione».

Non a torto si definí il Capitale la piú intransigente apologia del Capitalismo!

Il Manifesto dei Comunisti, commenta il Labriola, è tutto prosaico; non v'è in esso né retorica né proteste. Esso è ora una scienza. Non lamenta sul pauperismo per eliminarlo. Non sparge lacrime su niente. Le lacrime delle cose si sono trasformate per se stesse in forza rivendicatrice spontanea. L'etica e l'idealismo consistono ormai nel mettere il pensiero scientifico al servizio del proletariato.

In verità Marx è cosí convinto del fatale avvento della società comunista ad opera della legge di sviluppo del capitalismo che, allo stesso modo dello scienziato nei suoi esperimenti, sommamente si preoccupa di eliminare dal giuoco sociale tutti i fattori capaci di turbare o rallentare il pieno esplicarsi di quella legge. E, in primo luogo, i residui sentimentali e moralistici. Tutte le norme tattiche e tutto il programma pratico da lui consigliato ai partiti socialisti rispondono a quello scopo fondamentale: accelerare, facilitare, il processo di sviluppo capitalistico. Il suo discorso sul libero scambio fornisce un esempio tipico.

Una sola forte obbiezione si oppone alla interpretazione deterministica del marxismo: la teoria della lotta di classe. Come si spiega lo sforzo di Marx per svegliare la coscienza di classe nei proletari, la sua stessa invocazione rivoluzionaria, se la parte riservata agli uomini nel processo storico è puramente passiva?

Qui è d'uopo distinguere tra la formulazione generale della teoria della lotta di classe – in nulla contraddicente alla linea deterministica del suo pensiero – e la applicazione particolare che egli ne ha fatto al caso della lotta tra proletariato e borghesia. In linea generale Marx si limita ad affermare che la lotta di classe è il risultato necessario del contrasto esistente nelle cose stesse; la faccia umana della dialettica immanente nelle cose. Egli avverte che la rivoluzione formale, esteriore, nei rapporti sociali, scoppia solo quando quella sostanziale, nel modo e nella tecnica produttiva, è già avvenuta. Per Marx la reazione psicologica è un posterius, segue il fatto economico come l'ombra la luce; e il fatto economico, ricordiamolo, non è il frutto di una volontà libera, ma di una volontà istintiva, schiava, dominata dal bisogno. Sarà una concezione psicologica molto semplicista e volgare, ma indubbiamente essa sta alle radici della costruzione marxista. E Marx vi annette tanta poca importanza che mai ne parla di proposito.

Nella applicazione della teoria generale al caso particolare della lotta tra proletariato e borghesia, non si può invece negare che Marx abbia abbandonato talvolta, specie negli scritti di propaganda, la posizione deterministica, salvo tornarvi nelle esposizioni piú pacate e riassuntive del suo sistema di pensiero. Ma ciò, oltre che esser dovuto all'intimo contrasto tra la sua natura di scienziato e di agitatore, era in funzione anche del dubbio che egli nutriva intorno alle conseguenze della lotta che appena cominciava a disegnarsi. Mentre per il passato egli poteva sicuramente affermare che il contrasto era sempre terminato col trionfo della classe che, interpretando le esigenze produttive, esplicava una funzione rivoluzionaria, per l'avvenire il suo senso storico gli vietava una ipoteca troppo assoluta. Cosicché a lato della ipotesi normale egli affacciava anche l'ipotesi che la lotta potesse risolversi con l'esaurimento dei due contendenti, magari per difetto di consapevolezza storica nel proletariato. Con questo dubbio si concorreva a legittimare lo sforzo per la propaganda, l'organizzazione e l'azione insurrezionale; e in questo dubbio – dovuto a cause ben complesse – sta invero l'unico momento volontaristico del sistema. Si osservi inoltre che questo momento finale volontaristico è, psicologicamente, il prodotto della assiomatica credenza di Marx che l'ora ultima del capitalismo, almeno in Inghilterra, stesse per suonare: cioè che si fossero maturati in seno alla vecchia società, sempre piú incapace a risolvere i massimi problemi della vita sociale, gli elementi obbiettivi che soli avrebbero assicurato le possibilità di vita alla società comunista.

Lo stimolo fondamentale del processo rivoluzionario, anche nella sua ultima drammatica fase, non sta davvero nella propaganda e nel progressivo schiarirsi della coscienza proletaria, ma nel drammatico cozzo degli elementi contraddittori che il capitalismo rinserra. È il catastrofismo – cioè il fenomeno della universale proletarizzazione, del progressivo immiserimento, dell'accentramento dei capitali in poche mani, delle crisi sempre piú incontenibili – che provoca eccita esaspera la ribellione proletaria e consente al profeta una sicurezza messianica. La propaganda ha l'ufficio di accelerare il processo, eliminare gli ostacoli; non mai di determinarlo. È il coronamento di un complesso di cause anteriori e da essa indipendenti: senza di che risulterebbe impotente e sterile. Il posto che Marx fa all'elemento volontà è quindi limitatissimo; è piú un suggello formale che una impronta sostanziale. <Ripeto: il sistema marxistico è deterministico o non è. Per lo meno come sistema organico di pensiero.>

Capitolo II: Dal marxismo al revisionismo

La religione marxista.

La letteratura socialista, ricca a migliaia di volumi, difetta di una seria storia ideologica del socialismo contemporaneo; vale a dire di una storia del marxismo e delle correnti revisionistiche, su su sino alle posizioni attuali di critica e di superamento.

I marxisti puri questa storia l'hanno sempre trascurata, et pour cause; ma non possiamo rimproverare gli ortodossi di non averci dato la storia dell'eresia. Essi son fermi come l'ostrica allo scoglio, si illudono di possedere la verità assoluta, integrale, intangibile, hanno l'occhio sempre e solo rivolto alla «sottostante struttura economica» e ostinatamente negano vi sia nulla di sostanziale da rivedere nel corpus dottrinario marxista. Ma lo strano si è che questa storia non ce l'hanno saputa fornire neppure i revisionisti, ancorché tanto ansiosi, come di regola gli eretici, di negare la loro eresia rivendicando una stretta parentela marxistica.

Eppure sarebbe una storia singolarmente ironica e suggestiva, specie se la si conducesse sulla scorta dei criteri storiografici marxistici: giacché costringerebbe il marxismo, in quanto dottrina del moto socialista, a divorar se stesso, riabilitando il tanto bistrattato revisionismo. Ammesso infatti per un istante che le posizioni ideologiche siano il riflesso dello stato di sviluppo delle forze produttive e dei rapporti di classe, ne viene che dopo le profonde trasformazioni economiche avveratesi dal tempo di Marx ai giorni nostri, anche la sua dottrina sul moto proletario reclama una sostanziale revisione. A meno di ritenere che il relativismo marxista a tutto s'applichi – economia, diritto, arte, politica e morale – dottrina marxista esclusa...

Nella storia del marxismo si possono distinguere tre fasi: la fase religiosa, la fase critica e la fase attuale di netto superamento. Nella prima che si può arrestare intorno al 1900, il sistema marxista, nella sua interezza, ricevette la quasi unanime ed entusiastica adesione della élite socialista continentale. Per i Bebel, i Kautsky, i Liebknecht, i Guesde, i Lafargue, i Plekhanoff, ecc., il rapporto tra socialismo e marxismo si fece presto di identità completa. Il marxismo appariva loro come un tutto monolitico, come una visione nuova del mondo e della vita, come la filosofia specifica del moto socialista. Non si faceva allora questione di interpretazione, ma di applicazione. Il movimento, ancora alle prime armi e nel periodo della predicazione messianica, si distingueva per una intransigente orgogliosa professione di fede intesa a segnarne il distacco e la superiorità su tutte le altre scuole sociali e socialiste. Nonostante il suo prepotente realismo, la nuova dottrina esercitava una suggestione quasi religiosa. Essere marxisti era come appartenere a un'altra razza, alla razza eletta per la quale il mistero della vita era squarciato. L'umanità si trovava ancora avvolta nelle nebbie delle false ideologie bandite da falsi pastori per interesse di classe, ignara del suo essere e del suo avvenire. Solo il marxista vedeva chiaro nel passato e nel presente, ed era in grado, per la conoscenza che aveva delle leggi di sviluppo della società capitalistica, di sollecitare razionalmente l'avvento dei tempi nuovi. Il marxismo era come una seconda coscienza, ma una coscienza tutta critica, lucida, razionale, che affidava con matematica certezza della bontà e dell'inevitabile trionfo dell'ideale socialista. Il marxismo trionfava non tanto per gli intrinseci contributi recati alla conoscenza del mondo capitalistico, quanto per la sicurezza che riusciva a instillare nei militanti della natura razionale della loro fede e per il suo appello a quel metodo positivo allora tanto in onore.

Tutto in Marx e nell'opera di Marx congiurava a questo fine: l'estrema difficoltà di penetrare i suoi scritti, la mancanza di un'opera sistematica e riassuntiva, la sua cultura ad un tempo enciclopedica ed aristocratica, il suo stile apodittico ed astruso, la misteriosità della vita, il lungo esilio, ma soprattutto la coscienza che egli aveva, ad un grado senza precedenti, della propria grandezza e della verità inconfutabile della propria dottrina. Basta rileggere il Manifesto, uno dei piú potenti pamphlets della storia, per comprendere le ragioni della sua immensa fortuna. Difficile resistergli e addirittura impossibile per uno spirito semplice che acquisti per la prima volta la nozione dello stato di soggezione in cui versa. Nessun volontarista, nessun uomo d'azione, mai, seppe suscitare piú ribellioni e fanatiche dedizioni di questo iroso topo di biblioteca con le sue venti pagine famose. Egli vi imprigiona con la sua dialettica seducente e, quando vi ha tra le sue mani, vi percuote il cervello con sentenze degne del Dio della vendetta. Il Manifesto, che fu poi il solo mediatore tra lui e le folle, possiede in grado eminente tutti i caratteri della rivelazione. Premesse apodittiche, concatenazione logica formidabile e trascinante, sincerità brutale e fremente, fede travestita in scienza e scienza trasformata in macchina polemica, visione ciclopica della vita e del ritmo sociale. Nel Manifesto Marx parla il linguaggio della Nemesi. Nulla è piú drammatico di quella sua volutamente fredda analisi del sistema capitalistico di sfruttamento che termina con la visione della catastrofe inevitabile dalla quale solo potrà sortire la società nuova, di liberi e di eguali, la società socialista. Un sogno romantico in nome della ragione! La giustizia alleata con la scienza, anzi la scienza che è di per sé giustizia! Quale potere di attrazione! Come resistergli, perché resistergli?

D'altronde bisogna riconoscere che i canoni marxistici di propaganda e di tattica mirabilmente rispondevano al compito immediato delle prime avanguardie socialiste, che era poi quello di svegliare il grande dormiente – il proletariato – per dargli una prima rudimentale coscienza di sé, della sua forza, del suo diritto a non vivere servo e affamato. Che importavano il determinismo fatalistico, la erronea visione apocalittica, la dolorosa irrisione degli eterni valori morali, contrassegno e impotenza, dicevasi, dei socialisti «piccoli borghesi»? Che importavano, quando Marx, come Giosuè dinanzi alle mura di Gerico, lanciava l'annuncio dell'imminente trionfo?

Quale pace, quale certezza dava il suo linguaggio profetico ai primi apostoli perseguitati! Batti ma ascolta, essi potevano dire alla società borghese. Ascolta, perché noi possediamo il segreto della tua vita mortale. Noi non ci erigiamo contro di te in una negazione cieca e totale; anzi riconosciamo, come nessuno mai per l'innanzi, la tua grandiosa, indispensabile funzione storica. Anzi vogliamo che tu conduca sino in fondo la tua esperienza, svolga intero il ciclo che il Dio della produzione ti ha assegnato. Ciò è necessario per la nostra stessa vittoria. Ma ricordati che dopo, che presto, dallo sconquasso immane che segnerà la tua fine, saremo noi i tuoi unici legittimi eredi. Tu stessa ci fornirai il materiale umano per la nostra battaglia – il proletariato – assieme a tutte le condizioni che renderanno la tua fine inevitabile; tu stessa ti scaverai la fossa ingigantendo all'infinito le contraddizioni che già sottilmente ti rodono; tu stessa accumulerai la ricchezza, la potenza produttiva, la sapienza tecnica, che consentiranno a quella che oggi è utopia di farsi realtà. Inutile la ribellione, vano ogni sforzo per sottrarsi alle inderogabili leggi dello sviluppo capitalistico. Noi parliamo il linguaggio del Fato; e il Fato nel nostro secolo si chiama Scienza.

Con straordinaria rapidità, per un processo psicologico elementare, le nuove supposte verità si tramutarono in dogmi cui tutti professarono generico ossequio, ben convinti che il genio di Marx ne avesse consegnato nei libri famosi la irrefutabile dimostrazione. Le masse si impadronirono della parte piú caduca, antiscientifica, ma terribilmente suggestiva del pensiero di Marx (rigida contrapposizione delle classi, visione catastrofica, apocalissi) e ne fecero altrettanti canoni di fede che era peccato grosso discutere. I pochi che si incaricarono di ripercorrere tutte le tappe della laboriosissima dimostrazione marxista o rimasero vittime, prigionieri del sistema, troppo deboli per confutarlo e troppo timidi per criticarlo, o, ribellandosi, si misero fuori automaticamente dal movimento. La feroce persecuzione borghese attestava che si procedeva nel giusto solco, avvalorava gli articoli della nuova religione marxista. Sulle barricate, nei carceri, la fede si rinsaldava, i principî si irrigidivano, la speranza che il gran sogno fosse per avverarsi, si ingigantiva.

Invece... invece fu ben altro, come i piú cauti e lungimiranti avevano avvertito. Anziché la rivoluzione sociale espropriatrice venne al mondo il movimento operaio. E col movimento operaio le libertà politiche, la legislazione sociale, i partiti di massa.

Il movimento operaio.

La prassi riformista – meglio direbbesi: antimarxista – del movimento operaio socialista, si è affermata in tutti i paesi quasi in sordina, piú per forza maggiore e per la lezione delle cose, che per consapevole elezione; e sovente contro i disegni dei teorici. I quali, a cominciare da Marx, che quasi lo ignorò, hanno sempre diffidato un poco del movimento sindacale. Nel sistema marxista la sfera di azione utile assegnata al sindacato è ristrettissima e vale solo per i suoi riflessi politici. In tutta Europa, esclusa l'Inghilterra dove il partito sorse come espressione politica delle TradeUnions, si verificò sin dagli inizi un contrasto tra partiti e sindacati, a spese apparentemente del moto sindacale che si volle subordinare al partito, ma in realtà a tutto danno dei partiti che si videro costretti a conciliare l'inconciliabile: cioè il momento pratico col teoretico, il semplicismo messianico del loro programma finalistico con le concrete rivendicazioni sindacali, la tattica rivoluzionaria e la pratica intransigente della lotta di classe, con i quotidiani fenomeni di transazione e di collaborazione dei sindacati. In nome dei fini ultimi i partiti socialisti si vedevano costretti a intervenire a favore di modeste frazioni operaie o di rivendicazioni di dettaglio, compromettendo la loro purezza rivoluzionaria per una indefinita serie di piatti di lenticchie. Ma non v'era possibilità di scelta. La marea proletaria, cadute le dighe reazionarie, era salita incontenibile, invadendo territori sconosciuti, abbattendo muraglie teoretiche, superando tutti gli ostacoli logici, i non possumus, le scomuniche e i sinaistici bagliori del Manifesto. O accompagnare questo moto, sacrificando le formule, o restarne travolti. Saggiamente anche i marxisti piú intransigenti si appigliarono al primo corno del dilemma, salvo nascondere nell'equivoco verbale la resa avvenuta.

In sostanza il movimento sindacale non ha mai aderito al programma e, piú che al programma, allo spirito e alla forma mentis marxistica. Di tutte le tesi marxistiche non ha salvato – coi dovuti temperamenti – che il principio della lotta di classe e della autoemancipazione proletaria. Principio tattico e pedagogico certo fondamentale, che Marx piú di ogni altro scrittore ha contribuito ad illustrare, ma che non può considerarsi monopolio della scuola marxista (Marx rubò di peso la formula a Blanqui), non foss'altro perché fu sempre regola istintiva delle organizzazioni operaie. Per il resto esso ha rinnegato implicitamente tutte le tesi marxiste affermando la possibilità e la desiderabilità di una trasformazione graduale della società borghese con le armi del voto, della contrattazione, dell'agitazione, cioè col ricorso al metodo democratico. Pur facendo leva sulla forza del numero e sul peso degli interessi, si è guardato bene dall'irridere, secondo vuole il marxismo, la vecchia piattaforma giusnaturalistica e moralistica; e non invano ha fatto appello agli innati diritti della personalità e a un principio superiore di giustizia. Lungi dal legittimare in linea storica il potere e la funzione borghese, e dall'inchinarsi di fronte alla necessità, sia pur transeunte, delle leggi di scambio della forza lavoro in regime capitalistico, ne ha contestato la validità in sede etica e ne ha iniziata la erosione in sede contrattuale. Alla visione drammatica e pessimistica del processo sociale ha sostituito una visione ottimista, costruttiva, repugnante dai semplicismi e dalle contraddizioni lineari in cui si compiaceva il marxismo. Al posto dei piccoli clan rivoluzionari, vegetanti nell'ombra in attesa della crisi finale, sono subentrate le possenti organizzazioni sindacali muoventesi alla luce del sole, dirette da uomini dal cervello quadro e dalle capacità realizzatrici, che hanno dato il colpo di grazia alle figure romantiche del cospiratore e del rivoluzionario; uomini che, provenendo dalle stesse fila operaie, si rifiutano ad ogni astratta contemplazione del moto sociale, ad ogni eccessiva idealizzazione delle virtú proletarie. Avvocati delle masse, espressione dei valori, delle speranze, dei bisogni medi, e non alfieri di piccoli gruppi d'eccezione, si battono per fini concreti e immediati, come l'aumento salariale, la diminuzione della giornata lavorativa, l'allargamento del suffragio, la democratizzazione del regime di fabbrica; e cosí facendo vanno talvolta anche troppo oltre nel loro pragmatismo. Dal partito politico non attendono piú il comando per l'insurrezione, ma pretendono invece la organica azione in Parlamento e nei corpi pubblici per la difesa di una atmosfera di piena libertà e il conseguimento di una legislazione protettrice del lavoro. La progressiva consapevolezza dei limiti dell'azione sindacale, il contatto con la realtà economica, l'abito del contraddittorio e della responsabilità, la stessa imponenza dei risultati via via conseguiti, che creano una inattesa anche se parziale solidarietà col mondo circostante, tutto coopera cosí a spegnere nel movimento operaio le facili illusioni sulla possibilità e soprattutto sulla convenienza di un rivolgimento improvviso e violento. Il proletariato, dopo il sorgere del moto sindacale e cooperativo e la conquista delle libertà politiche, sente sempre piú chiaramente che non è piú vero che abbia tutto da guadagnare e nulla da perdere da una catastrofe sociale. Specie nei paesi piú progrediti esso sa di essersi assicurato un tenore di vita e un complesso di istituti e di diritti che si conservano solo preservando l'organismo sociale da scosse violente e soprattutto mantenendo immutato il livello di produttività e il ritmo del progresso.

È, in una parola, il capovolgimento della posizione marxista, ciò che gli estremisti chiamano la «degenerazione» riformistica dei sindacati. Ma è una «degenerazione» che dura da piú di mezzo secolo, che si accentua ogni anno che passa, una «degenerazione» con la quale ormai sono costretti a fare i conti i piú puritani.

A questa decisa deviazione nella sfera pratica ne corrispose un'altra in sede ideologica. Il blocco dottrinale marxista che era rimasto saldissimo sotto la furia delle persecuzioni, rivelò ben presto, in una atmosfera di libera critica, profondissime crepe. Sorgeva il revisionismo, commento critico di tutta la nuova imponente fenomenologia.

Il revisionismo.

Il revisionismo, piú che sforzo sistematico di critica e di integrazione del marxismo ad opera di una corrente solidale di scrittori, deve considerarsi come la protesta, variamente atteggiata e motivata, della nuova generazione socialista contro il piatto conformismo dei marxisti puri incapaci di adattare la teoria alla nuova prassi operaia e di concepire un socialismo non strettamente legato alla posizione materialista in filosofia. Tra Bernstein, Sorel, Jaurès, Croce, Labriola, Mondolfo – per limitarsi ai piú noti – il rapporto è piú d'ordine psicologico e polemico, che positivo: l'esigenza che li spingeva era comune, ma le conclusioni cui pervennero intorno all'essenza e al significato dell'insegnamento marxista spesso divergevano e financo si contraddicevano. Ciascuno di questi scrittori avanzò una propria personale interpretazione, non di rado dando vita a una «tendenza» e a una «scuola», come il Bernstein in Germania e il Sorel in Francia e in Italia. Pure, nonostante la tanta discordanza di voci, un quid comune li lega e ci permette di parlarne come di un movimento unitario. Tutto il revisionismo, sia di destra che di sinistra, può infatti riassumersi nello sforzo di far posto, nel sistema marxista, alla volontà e all'ottimismo del moto operaio. Anche i rivoluzionari sono dominati dallo stesso motivo: romperla col concetto di necessità storica, cosí severamente affermato da Marx, o ridurlo ad una formula cosí elastica da piegarlo alle esigenze di un volontarismo blanquista. Lo stesso leninismo, pure tanto rispettoso per la lettera marxista, non ha fatto che sviluppare in modo autonomo e originale tutti gli aspetti volontaristici del sistema, vale a dire la dottrina relativa ai periodi di transizione e alla funzione della dittatura e del terrore.

Non sempre i revisionisti furono consapevoli della portata delle loro critiche. Bisogna anzi riconoscere che agli inizi i loro propositi erano stati piú che modesti. Si trattava solo di correggere alcune unilateralità, di combattere atteggiamenti troppo assoluti in materia di tattica e soprattutto di dare un valore relativo e secondario al catastrofismo. Nessuno pensava di attentare ai fondamenti del sistema cui tutti professavano ossequio. Bernstein non ha mai pensato di contrapporsi a Marx. La revisione voleva mantenersi interna al sistema e procedere cautamente con l'aiuto di innumeri citazioni marxiste, per sostituire al Marx tutto angoli e spigoli della tradizione ortodossa, un Marx piú complesso ed umano.

Non bisogna credere che a questo risultato essi siano giunti solo per abilità dialettica, attraverso aprioristiche interpretazioni. Essi furono potentemente aiutati – e sino a un certo punto giustificati – dalla straordinaria complessità della personalità di Marx, il cui svolgimento intimo ebbero il merito di rivelare. Marx non si esaurisce nel marxismo e per molti lati anzi lo confuta. In tutta la vita di Marx – e di riflesso anche nei suoi scritti – fondamentale è il contrasto tra sentimento e ragione, scienza e fede. C'è in Marx uno spirito eternamente giovane e ribelle – spirito di moralista, di apostolo, di combattente – che pare prendersi beffe del gelido scienziato. Secondo il classico dramma di tutti gli intellettuali cui è preclusa l'azione, gli stimoli repressi reagirono sulla sfera teoretica, degenerandola. Nonostante la condanna d'ogni slancio etico e d'ogni impeto di fede, Marx non pervenne mai, anche nei ragionamenti piú aridi e astrusi del Capitale, a celare il calore religioso di una fede preesistente al sistema.

Col risalire dal sistema all'autore, col ricostruire le fasi attraverso le quali il suo pensiero passò, coll'insistere abilmente sulle esperienze e influenze giovanili, e coll'interpretare poi, alla luce di questi piú complessi elementi, i secchi teoremi marxisti, non riuscí difficile ai revisionisti dimostrare il semplicismo e l'unilateralità della interpretazione sino allora corrente. Vagliando ogni parola, richiamando ogni precedente, gli stati d'animo, le concrete situazioni storiche, finirono per complicare inverosimilmente le discussioni; e dove Marx aveva usato parole lapidarie e proposizioni perentorie, introdussero il bacillo del dubbio.

Ma... chi gladio ferit, gladio perit.

Il marxismo è una costruzione dogmatica, non sopporta il bacillo critico. Anche il revisionismo, nonostante tutte le cautele, attenuazioni, riserve, non poté sottrarsi al fato di tutte le eresie: che cominciano appunto con riserve di carattere marginale per finire con la totale sovversione. Ciò che conta in questi casi non è il proposito, ma il metodo. E il metodo impiegato dai revisionisti fu singolarmente distruttivo. In poco tempo le divergenze, che erano secondarie, si fecero insuperabili. Dalle questioni d'ordine pratico e tattico fu giuocoforza passare alle questioni piú generali fino a che non si giunse ad impugnare la stessa teoria del materialismo storico, perno del sistema. Invano i revisionisti tentarono di attenuare la profondità dall'erosione compiuta, rifiutandosi di erigere un bilancio conclusivo e continuando a proclamare il loro sostanziale conformismo. Il bilancio lo fecero gli ortodossi e specialmente gli scrittori borghesi: ed era un bilancio quasi fallimentare. Per rendersi conto della gravità della frana basterà fare un cenno sommario della posizione che vennero assumendo intorno al '900 i due piú tipici esponenti del movimento revisionistico: Bernstein e Sorel.

Bernstein iniziava il suo libro famoso (Die Voraussetzungen des Sozialismus) dichiarando di condividere le premesse filosofiche del marxismo e rivendicandone il carattere altamente scientifico. Suo scopo era solo quello di «chiarirne» ed «allargarne» la portata, fondando su basi infrangibili i principî della nuova scienza socialista. In questa scienza marxista distingueva una parte pura, intangibile – il materialismo storico – da una parte applicata, la quale invece era suscettibile di modificazioni senza danno ai principî. Quando però passò alla determinazione di questa parte pura cominciarono i guai. Col pretesto che Marx era stato talvolta tradito dall'espressione e che, come tutti i novatori, aveva esposto in modo troppo unilaterale la nuova teoria, la adulterò siffattamente da renderla irriconoscibile. Bernstein ad esempio affermava «la necessità di rendere piena ragione, accanto alle forze e ai rapporti produttivi, alle idee di diritto e di morale, alle tradizioni storiche e religiose, agli influssi geografici, a quelli della natura e del tempo in cui rientrano» – si noti l'abilità di questa inclusione in sordina – «la natura e le tendenze spirituali dell'uomo». Sosteneva inoltre che nella società moderna va ognora crescendo la capacità di guidare lo sviluppo economico, appunto per la maggiore conoscenza che abbiamo di questo sviluppo; cosí che individui e gruppi riescono a sottrarre una parte sempre maggiore della loro esistenza all'influsso di una necessità affermantesi contro o senza il loro volere. E concludeva asserendo che in fatto di ideologia, altrettanto reale dell'economia, la società moderna è piú ricca delle società preesistenti, appunto perché il nesso causale tra sviluppo tecnicoeconomico e sviluppo delle tendenze sociali si fa sempre piú indiretto.

Osservazioni sacrosante, ormai accettate tacitamente da tutti i socialisti contemporanei; ma verità che davvero non possono dedursi dalle premesse marxiste. Ma non basta. Bernstein, che pure si professava, nella sostanza, marxista al cento per cento, patrocinava nel suo libro nientemeno che l'abbandono... dell'idea di necessità storica. Di quella idea, egli commentava, che dà l'illusione che il mondo cammini verso un regime predestinato. E la sosteneva, naturalmente, sulla base di quelle troppo famose note giovanili di Marx a Feuerbach, che sono il punto di partenza e d'arrivo di tutto quanto il revisionismo.

La ingenuità di Bernstein rasentava addirittura l'incredibile quando faceva mostra di credere che la sua non era che «una interpretazione diversa, una forma attenuata di esposizione, che non intaccava in nulla l'unità del sistema e anzi ne aumentava la "scientificità" (sic!)» «Il problema starebbe ormai solo – cosí egli concludeva – nell'assodare con precisione il rapporto quantitativo dei fattori, delle forze storiche predominanti». Caspita, ma se era proprio questo il problema che Marx si vantava di aver risolto categoricamente.

Sorel (mi riferisco al Sorel gradualista, prima dei suo passaggio al sindacalismo) è ancora piú franco e radicale. Egli addirittura negava l'esistenza di un «sistema» marxista e si prendeva beffe dei credenti nel socialismo «scientifico». Respingeva l'interpretazione deterministica della dottrina materialistica della storia, non accettava la teoria della omogeneità della classe proletaria – anzi negava che le classi fossero due e necessariamente contrastanti – insisteva sulle influenze della razza, delle condizioni storiche, dello sviluppo intellettuale, si rifiutava di credere ad una incorreggibile anarchia capitalistica, negava la teoria catastrofica, stimava erronea la teoria del valore, rivendicava la somma importanza dei problemi morali, rivelava i residui utopistici nelle previsioni marxiste, giudicava Marx storico deficientissimo dal lato metodologico e psicologico e addirittura metteva in dubbio l'originalità del Maestro...

Anch'egli stimava di poter fare queste critiche nel nome stesso di Marx, o per lo meno in nome dello spirito della sua dottrina, incompreso dagli sciocchi scolari. Era contrario allo «spirito» di Marx voler determinare, in modo universale, l'influenza delle forze produttive nella storia. Tanto piú che il marxismo nulla spiega intorno allo sviluppo della tecnologia, la cui storia è piena di contingenza e di azzardo. Ma quando pure si possedessero tali principî, essi non servirebbero gran che, perché bisognerebbe poi scoprire gli altri principî in virtú dei quali le forze produttive fanno la loro apparizione. Non bisogna dimenticare – egli ammoniva – che le forze produttive sono generate dagli uomini.

Per Sorel il valore del materialismo storico era solo d'ordine pratico, tattico. Volendo essere una filosofia dell'azione, era utile che esagerasse l'importanza delle cose obbiettive, onde evitare le false manovre dei rivoluzionari. Marx, dice Sorel, voleva dare un consiglio di prudenza ai rivoluzionari. Per ragioni tattiche e psicologiche, per raggiungere cioè il massimo effetto, gli dette «la forma di una legge assoluta che governa la storia». Spiegazione indubbiamente ingegnosa che Marx avrebbe fatto assai bene a fornirci: se non altro per risparmiarci una intera biblioteca esegetica. Ma che – sia detto con tutto rispetto per Sorel – convince assai poco. In verità codesta assurda «spiegazione», al pari delle altre molte di cui è ricca la letteratura revisionistica, sta a documentare in modo evidente l'impaccio e il disagio sempre piú gravi in cui era venuta a trovarsi la nuova generazione, posta di fronte al problema di una incondizionata accettazione dell'eredità marxista.

È opportuno non trascurare, accanto alla critica dei filosofi e dei sociologi, quelle degli economisti, da BöhmBawerk a Pareto. Essi attestano i numerosi errori, sofismi e contraddizioni del Capitale, e anche la parte importante avuta da Rodbertus nell'elaborazione delle piú famose teorie. Si mise in discussione la definizione del valore come funzione del solo lavoro; si provò l'insanabile contraddizione inerente alla fondamentale tesi marxista (cioè che il capitale variabile produca da solo il plusvalore); si negò che i salari fossero connessi al minimo di sussistenza. In apparenza le critiche degli economisti qualificati in blocco come «borghesi», non provocarono mai altro che sdegni e ironie nel campo dei socialisti «scientifici». Ma in realtà nessun socialista serio, dopo queste critiche riprese da Bernstein, osò piú fare suoi i teoremi economici di Marx.

La critica era stata cosí decisiva, che nella sua Prefazione alla miseria della filosofia Engels giunse fino ad ammettere che il principio del plusvalore non era essenziale alla concezione scientifica del socialismo, dal momento che Marx aveva fondato la rivendicazione comunista sulla rovina necessaria del sistema di produzione capitalista. La nuova scuola dell'utilità marginale, ignorata da Marx benché nata molto tempo prima della sua morte, aveva convertito la maggior parte degli economisti socialisti. Tuttavia Engels finí con l'ammettere che era ugualmente possibile costruire il socialismo sulla teoria del grado dell'utilità finale. Si contentava di aggiungere che si trattava di un socialismo volgare.]

Che rimaneva in piedi, dopo l'ondata critica, del sistema marxista?

L'unità del sistema risultava spezzata. Il materialismo storico era trasformato in una eclettica quanto generica teoria storiografica che abbracciava tutto e non stringeva nulla, il cui valore, come guida del concreto moto socialista si riduceva pressapoco a zero. Il revisionismo rigettava il determinismo, dichiarava gli uomini, nella totalità del loro essere – e non quali meri elementi del processo produttivo

– al centro del processo storico; sostituiva al rapporto di dipendenza tra economia e ideologia e, piú precisamente, tra forze e rapporti produttivi e rapporti sociali, un legame di complessa interdipendenza, pur riconoscendo, specie per le epoche trascorse, la estrema importanza del fattore economico; rigettava la teoria del valore pur in sede di stretta economia pur difendendone l'assunto in sede etica e giuridica; non credeva alla fatalità dell'avvento, né alla funzione levatrice della violenza e della dittatura; statistiche alla mano dimostrava errate le famose leggi di concentramento della ricchezza in poche mani, di immiserimento crescente, di proletarizzazione; negava l'inasprirsi dei rapporti sociali e anzi segnalava in tutti i paesi una trasformazione in senso democratico cui non rimaneva estranea la borghesia, vieppiú aperta alle necessità nuove. La socialdemocrazia, diceva Bernstein in conclusione, dovrà preoccuparsi piú dei compiti prossimi che dei fini ultimi; i quali fini ultimi – conquista del potere politico, espropriazione dei capitalisti – non sono per nulla fini ultimi, ma semplici mezzi per il conseguimento di determinate mete e aspirazioni. La nuova formula è: il moto è tutto, il fine è nulla. «Occorre – egli scriveva – che la socialdemocrazia abbia il coraggio di emanciparsi dalla fraseologia del passato per voler apparire ciò che essa è in realtà: un partito di riforme democratiche e socialiste».

Questo per il revisionismo di destra. V'era poi – anche se meno profondo e originale – un revisionismo di sinistra. Insomma il marxismo come sistema organico, dal significato categorico e univoco, era finito. Ormai molteplici correnti politiche e culturali potevano legittimamente richiamarsi a Marx; l'attributo «marxista» si faceva sempre piú generico e vago. Deterministi e volontaristi, riformisti e rivoluzionari, si contendono aspramente l'eredità del Maestro. Piú accessibili allo stretto determinismo gli economisti; piú disposti alle tesi volontaristiche i filosofi e gli agitatori.

Marxista Loria, marxista Sorel; marxista Lenin, marxista Turati, marxista il politico che addita nella teoria della lotta di classe il contributo essenziale, marxista lo storico e il sociologo che accetta il materialismo storico spoglio d'ogni connessione con la fede nell'avvento socialista. Per gli uni si tratta di una concezione che illumina di nuova luce tutti i lati della speculazione umana, dando vita a una filosofia, una economia, una storia, un diritto, una estetica... marxisti; per altri di un mero canone storiografico oppure di un insieme di osservazioni e di previsioni tendenziali non degne di assurgere al rango di filosofia. Una piccola torre di Babele che ha permesso a tesi e a correnti contraddittorie di ornarsi della paternità illustre di Marx, alimentando una polemica ognora piú sterile e inconcludente.

Per noi, della generazione successiva, venuti al socialismo e al marxismo attraverso tutta una letteratura critica e con la precisa nozione di una somma grandiosa di esperienze, ciò riesce tutt'altro che nuovo e non suscita né smarrimenti né crisi. Ma per i vecchi conformisti del tempo, usi a ragionare solo e sempre con la mediazione marxista, fu una mezza rivoluzione spirituale. Essi non potevano adattarsi a rivedere quel patrimonio intellettuale che aveva formato la gloria della loro giovinezza; e anche quando convenivano nel loro intimo della necessità di una sia pur cauta revisione, si sentivano rattenuti, prigioni della propaganda iniziale, necessariamente mitica secondo il bisogno delle folle ancor vergini. Di fronte alla frana cosí minacciosa reagirono energicamente col Kautsky alla testa. Sostenuti dal conservatorismo ideologico e, piú che ideologico, fraseologico, dei militanti presso i quali immenso era il prestigio di Marx, accusarono i revisionisti di attentare al mito, compromettere i fini ultimi, cancellare ogni sostanziale differenza col radicalismo borghese, spegnere la fede e l'entusiasmo delle masse col rimandare alle calende greche la possibilità della emancipazione integrale, condividere le critiche interessate degli scrittori «borghesi», dando cosí nuova vita a quelle correnti degenerate del socialismo piccolo borghese, già tanto aspramente fustigate da Marx.

I revisionisti, travolti, specie in Germania, Mecca del marxismo, dalla condanna quasi unanime dei congressi, e sinceramente desiderosi di mantenere l'unità del movimento operaio – che era poi ciò che loro piú premeva, ben sapendo che esso si sarebbe presto incaricato di fare le loro vendette – ripiegarono su posizioni teoriche meno attaccabili e si arresero disciplinatamente al verdetto della maggioranza. Anziché proseguire la battaglia sino alle conseguenze ultime per liberare il socialismo politico dall'incapsulamento marxista, preferirono tacere o nascondere le loro gravi riserve entro le pieghe sottili di una mera quistione interpretativa.

Dal loro canto i marxisti puri, pur dominando nei congressi, sentivano chiaramente che era impossibile scomunicare il moto operaio e la nuova realtà economica su cui questo si innestava; né conveniva abbandonare a loro stessi i giovani, col rischio di farli precipitare nella eresia piú completa. Anche agli occhi loro la conciliazione si imponeva. Urgeva la saldatura. Se non bisognava avvalorare la tesi peccaminosa che la dottrina marxista fosse superata nei suoi fondamenti essenziali, non bisognava neppure restare tetragoni alle nuove esperienze.

Le posizioni revisionistiche ed ortodosse vennero cosí artificiosamente riavvicinandosi. Gli uni e gli altri consentirono nel riconoscere che il marxismo non era una teoria perfettamente definita e rifinita in tutti i suoi particolari. C'era un nocciolo fondamentale intangibile che nessuno si incaricava di fissare chiaramente; ma da esso potevansi derivare conclusioni pratiche discordanti che non impegnavano i principî. Si era predicata alle masse la rivoluzione a breve scadenza, l'intransigenza, la sfiducia nelle armi legali e nelle riforme in nome di Marx. Ebbene ora si predicherebbe il gradualismo, la fede nelle istituzioni democratiche e nelle riforme, in nome di Marx, di un Marx riveduto, integrato, ammansito. L'importante era pur sempre potersi richiamare a Marx: salvare la tradizione, evitare che gli estremisti potessero monopolizzare il suo nome, dimostrare ai fedeli che nulla di sostanziale era mutato, che si sacrificava talvolta la lettera, ma per salvare lo spirito immortale.

Ciò avveniva nei primi anni del nuovo secolo per un processo talmente spontaneo e diffuso che evidentemente rispondeva a profonde ragioni d'essere del movimento che vano sarebbe qui criticare troppo acerbamente. Solo è lecito considerarne sinteticamente gli effetti. E gli effetti furono che i frutti della battaglia revisionistica andarono in gran parte perduti. Quando proprio sembrava che la élite della nuova generazione fosse per emanciparsi dalla servitú marxista, essa rientrava, solo armata di qualche riserva formale, nel solco tradizionale. Fu una conciliazione (tra teoria e realtà, e tra revisionisti e ortodossi) tutta esteriore, apparente, in funzione delle contingenze e del prevalere delle tendenze: e non il superamento di una crisi che avrebbe dovuto svolgersi, prima e soprattutto, nell'intimo delle coscienze. Nei rivoluzionari fu un fenomeno di ipocrisia o di cecità; nei riformisti di debolezza. Fu imboccata la via della minor resistenza, la via equivoca degli adattamenti e della casuistica. La querela si fece scolastica, scontentò e allontanò i migliori, diseducò, o meglio, non educò le masse, e vietò per troppi anni ancora quella coraggiosa chiarificazione ideologica che è oggi condizione sine qua non per una gagliarda ripresa socialista.

Capitolo III: Marxismo e revisionismo in Italia

Il socialismo italiano nasce, come moto di masse, tra il '90 e il '900, nel segno di Marx. Prima s'erano avuti conati di rivolta tra le miserabilissime plebi rurali e una larga, tumultuosa propaganda internazionalistica a carattere anarchicheggiante in molti centri italiani, specie del meridione. Il moto operaio, aspramente perseguitato e incompreso, solo nel nord aveva compiuto qualche progresso fornendo, col partito operaio, una prima timida esperienza di movimento politico autonomo della classe operaia.

Eccettuata l'infanzia, si può dire che la storia ideologica del socialismo italiano si svolga sulla medesima linea dei movimenti socialisti d'oltr'Alpe, di quello germanico in particolare. Con questo notabile: che il marxismo in Italia fu, tutto sommato, fenomeno di artificiosa importazione che mai riuscí ad impregnare nel profondo il moto socialista. Nel moto italiano vi fu sempre un distacco tra teoria e pratica, programmi e azione; e quando finalmente si adeguò l'una all'altra, ci si avvide che la teoria si era volatizzata e la pratica tendeva a risolversi in un riformismo fiacco e analitico, viziato da una paternalistica concezione dello Stato. L'eresia si alimentò dapprima nelle cose, nel moto, in quello contadino in specie; e solo col nuovo secolo investí – attraverso violente ed inesauste polemiche – la teoria, spezzando la compagine del socialismo politico.

L'Italia male si prestava ad un innesto di socialismo marxista. Immensa plebe rurale, legata ancora alla gleba e al prete, con vastissime oasi artigiane e rare avanguardie proletarie e capitaliste, il problema per essa non consisteva nell'avviamento al socialismo, ma nell'avviamento al capitalismo e alla vita moderna. Il popolo, corrotto da servitú secolari, rimasto estraneo a tutto il processo del Risorgimento, galleggiava al livello della sussistenza fisica e morale. Difettava nel cittadino, costretto a una lotta asprissima con la natura, il senso primordiale della dignità e della libertà, e la adesione attiva, per via di lunghe esperienze e fecondi contrasti, alla vita collettiva. La stessa élite intellettuale del tempo, ricca di valori originali, era viziata da una educazione prevalentemente letteraria ed era costretta, dai troppo chiusi e miseri quadri provinciali, ad una vita stentata. Economia, psicologia, tradizione, tutto opponevasi ad una comprensione piena e ad una fruttuosa applicazione del socialismo marxista.

Garibaldi assertore del materialismo storico, ecco il socialismo marxista trasportato in Italia! Garibaldi è l'ultima generazione romantica, l'epigone di quella larga schiera di giovani che si ricollegavano idealmente alla epopea del Risorgimento, il combattente di tutte le «cause» da Roma a Digione a Domokos, dove morirono volontari socialisti, il prototipo dell'italiano generoso, ribelle, squattrinato ed utopista, che a vent'anni sputa sul mondo e sulla vita che non gli concedono la degna causa per la bella morte.

Il materialismo storico è Marx, la scienza, la sapienza, la disciplina tedesca, la ragione armata di tutti i diritti, Bentham e Ricardo, Feuerbach e Hegel, l'economia classica e l'aritmetica utilitaria, il determinismo e la dialettica; ma piú ancora che Marx è il quadro dell'Inghilterra vittoriana, industriale e potente, che avea fornito a Marx gli elementi induttivi per la sua costruzione.

È da cotesto impasto che nacque il socialismo politico italiano, ad opera di un gruppo di giovani universitari di grandissimo ingegno e generoso cuore, raccolti attorno a una rivista – «La Critica sociale» – che fu per trent'anni l'autorevole divulgatrice del verbo marxista e certo una delle piú belle riviste sociali d'Europa. Eran venuti al socialismo per impulso sentimentale, offesi dalle ingiustizie e bassezze della vita italiana ancora avvolta nelle spire di un feudalesimo economico e politico, e dal rapido corrompersi degli uomini e degli ideali del Risorgimento; ed eran bramosi di una luce dall'alto, di un fuoco per le loro anime, di un fine che avesse valore universale ed etico. Ma erano altrettanto ansiosi di giustificarsi razionalmente in omaggio allo scientificismo e positivismo di moda, e per la repulsione che in loro provocava il facilonismo e la demagogia dei rivoluzionari allora imperanti.

Non li poteva soddisfare l'angusta ed empirica visione che aveva dominato il piccolo partito operaio e tanto meno l'utopismo libertario dei seguaci di Bakunin; Mazzini era morto da un pezzo, e il suo astratto moralismo, reso insopportabile dal settarismo degli scolari e dalla tragedia fisica e morale in cui versava la piú gran parte dei lavoratori, non reggeva alla loro critica realistica scaturente dai fatti; la piccola nobile vena del socialismo maloniano, con la sua onesta povertà di motivi e la eccessiva eclettticità e vacuità di contorni, non era certamente fatta per acquetare palati cosi fini e scaltriti, aperti alle nuove correnti della cultura. Il marxismo, riassumendo in sé i piú audaci sviluppi del pensiero del secolo, soddisfece ampiamente la loro sete. Esso portava nella piccola vita italiana l'eco viva e sovvertitrice dei problemi e delle lotte europee, colmando, almeno nel regno delle idee, quel penoso distacco tra Italia ed Europa che esisteva nel regno dei fatti e della ricchezza. Darsi al marxismo equivaleva a tuffarsi in mare aperto dopo aver starnazzato nello stagno, tanto sostanzioso riusciva quello spregiudicato realismo dopo tutto il fumo ideologico e patriottardo. Come sempre avviene degli ideali che la loro effettuazione contamina, alla grande fiammata del Risorgimento aveva tenuto dietro in Italia una delusione immensa. Per la nuova generazione l'unità era un dato acquisito di cui ogni giorno di piú si criticavano il processo e i risultati: altr'esca, altro ideale, si richiedeva in quegli anni. L'ideale universale del socialismo permetteva di trascendere i magri confini dell'orizzonte italiano per ricollegarsi tangibilmente alle piú solenni esperienze sociali e socialiste in corso, a quella germanica in specie, che la lotta vittoriosa contro le leggi di eccezione cingeva in quegli anni di fulgida aureola. Si aggiunga inoltre una certa tal quale disposizione italica ad accogliere con straordinario interesse i prodotti spirituali stranieri e non sarà difficile spiegarsi la conversione clamorosa al marxismo di tutto il meglio della giovane generazione.

Benedetto Croce, nella Storia d'Italia, ha dato di questa conversione un quadro inobliabile. Egli ha reso un alto omaggio al marxismo che venne in quegli anni a riempire il vuoto che vaneggiava nel pensiero e negli ideali italiani, contribuendo possentemente alla rinascita morale e culturale del paese. A quarant'anni di distanza, evoluto verso un conservatorismo illuminato, egli non esita a confessare che pur non accettando oggi il marxismo, è lieto di esserci passato attraverso e che, se non vi fosse passato, avvertirebbe come una lacuna nella mente. Si comprende quindi agevolmente come tutta la nuova generazione si convertisse d'emblée al marxismo. Ma mentre in lui l'esperienza marxista ebbe soprattutto un valore critico e si risolse in una lezione di realismo storico, per gli altri, militanti entusiasti, assurse al rango di filosofia ultima, definitiva, al servizio di un programma di partito. Il bandolo dell'umana matassa sembrava ritrovato una volta per sempre, ogni dubbio eliminato. Non si trattava ormai che di passare alla pratica applicazione, di lavorare in una direzione ben nota. Grado a grado anche i migliori si abituarono a ragionare sempre con la mediazione marxista e persero ogni vera autonomia e originalità di pensiero.

Coll'inserirvi preoccupazioni e metodi che vi repugnavano si perse gradualmente anche l'intimo contatto con la realtà del paese; e si ruppe bruscamente quella sia pur scarna tradizione socialista paesana che aveva avuto nel Mazzini e nel Cattaneo i suoi principali esponenti.

Nella furia dell'ora e delle persecuzioni i giovani, sopraffatti dalle necessità dell'apostolato, che fu davvero mirabile in quegli anni, non ebbero modo di approfondire i nuovi valori. La fantasia, sollecitata dalle sciabole e dalle manette durante la duplice reazione di Crispi e di Pelloux ('94, '98), precipitò naturalmente agli estremi del mito, al sogno di una trasformazione apocalittica nel breve spazio di una generazione. Era, se si vuole, un marxismo spurio, codesto; ma la degenerazione, se vi fu, non fu certo nel senso di una maggiore elasticità ed indulgenza nell'applicazione; ché anzi si basò gran parte della propaganda sul tallone d'Achille del sistema, il catastrofismo. Ciò che colpiva le menti non era la nota relativistica, storicista; bensí l'aspetto messianico, la certezza nel rapido inevitabile trapasso. Anche il Turati accedette sin verso il '98 a questa visione schematica e ingenua; e quando poi tentò di placare tanto ardore di illusioni, si trovò ad urtare contro la incrostazione pseudoteoretica e la messianica attesa che egli stesso, in perfetta buona fede, aveva concorso a creare.

La crisi del '900, dopo la uccisione di re Umberto, pose fine drammaticamente a un eccezionale stato di tensione che assai aveva contribuito ad alimentare l'assolutezza del mito. L'orizzonte che pareva chiuso, si squarciò; il moto operaio, sino allora compresso e perseguitato, ricevette, col memorando sciopero di Genova, consacrazione quasi ufficiale; le libertà politiche parvero definitivamente assicurate. Dal 1900 sin verso il 1904 si assiste in Italia a un dilagare di agitazioni e di scioperi, mentre una febbre di vita invade il paese. Le orribili condizioni di esistenza dei lavoratori grandemente migliorano, una nuova coscienza sorge in ceti sino allora abbrutiti, parlamenti e comuni si aprono alle nuove forze prementi, la borghesia si mostra sensibile alle esigenze dei tempi. Il partito passa quasi di colpo dal bando e dall'ostruzionismo al ministerialismo. Nello spazio di pochi anni Filippo Turati, condannato alla galera per quattordici anni, si vede sollecitato ad assumere il potere; e Andrea Costa, da habitué di guardine, viene promosso alla vicepresidenza della Camera.

Il mutamento di clima fu tale che non poté non determinare fortissimi squilibri e contraccolpi, specie tra i giovani improvvisamente disincantati e, com'è naturale, restii a far proprio, senza le dovute esperienze, il subitaneo ottimismo e legalitarismo à tout prix del Turati e dei capi del moto operaio. Una generazione che aveva impostato la lotta su un terreno semplicistico, intransigente, rivoluzionario, si trovava posta alla testa, per miracoloso concorso di eventi, del piú grande movimento di masse con la prospettiva di salire al governo. Quel che in Inghilterra era costato un secolo di battaglie dure e pazienti in un ambiente già inciso dalle rivoluzioni del secolo XVII e dalle riforme del '32; quel che in Francia era frutto della formidabile ondata dell'89 e delle successive crisi rivoluzionarie o morali del '30'48'71'93'900 (una rivoluzione, in sostanza, ogni generazione); quel che in Germania si ottenne solo nel 1918 dopo lo sconquasso immane della guerra; in Italia si era ottenuto – o ci si illudeva di avere ottenuto – nell'éspace d'un matin con la complicità di un sovrano che si diceva aperto ai tempi nuovi e di un paio di ministri coraggiosi.

In questo contrasto nel tempo, che costringeva i pionieri a far opera di raccoglitori, in questa fatale immaturità psicologica e tecnica a fronteggiare i compiti nuovi e positivi – immaturità di cui non si saprebbe accusare nessuno – sta probabilmente la prima ragione della crisi che, a cominciare dal 1907908 circa, roderà sempre piú gravemente il socialismo italiano.

Io mi occupo qui della crisi intellettuale.

Revisionismo.]

Anche la storia, breve ma intensa, del revisionismo italiano, ha il suo inizio intorno al '900. Per l'innanzi si erano avuti notevoli contributi, ma per lo piú da parte di elementi estranei al movimento, che non influirono gran che sulla communis opinio socialista del tempo, ancora pienamente aderente alla lettera del sistema marxista. Il filosofo napoletano Antonio Labriola si fece in Italia, in due memorabili saggi, l'apologista del materialismo storico. Egli ebbe soprattutto riguardo agli aspetti filosofici della dottrina, e i suoi lavori, piú che a rivelare o a superare una crisi del marxismo di cui cominciavasi a discorrere in quegli anni, furono diretti a spazzar via gli equivoci (Loria), le grossolane interpretazioni (la materialistica), i fallaci raccostamenti (con Darwin e Spencer). La sua fu una lezione di aristocratica prudenza ai neofiti del marxismo che credevano di possedere nella teoria del materialismo storico un facile talismano. Egli ammoní che la famosa sottostruttura economica, determinatrice di tutti gli altri fenomeni sociali, non è un semplice meccanismo dal quale emergono, quasi fossero effetti meccanici immediati, le istituzioni, le leggi, i costumi, i pensieri, i sentimenti, le ideologie. Con molta finezza dimostrò come il processo di derivazione e di mediazione fosse assai complicato, spesso sottile e tortuoso, non sempre decifrabile. Persuaso di essere l'unico marxista rigido e conseguente che contasse l'Italia, nella sua corrispondenza con l'Engels non risparmiò strali ai suoi compagni di partito accusati di non penetrare lo spirito della dottrina. Il che non gli vietò piú tardi di annoverarsi tra i precursori dell'espansionismo coloniale italiano, spostando sul piano nazionale l'interesse che aveva portato per un decennio ai problemi della lotta di classe; e giustificandolo con la tesi, molto diffusa in Germania, che il colonialismo fosse una fase necessaria dello sviluppo capitalistico, a sua volta premessa sine qua non dell'avvento socialistico. La sua influenza si accrebbe assai dopo la morte prematura e dei suoi fini – forse troppo fini e talora formali – contributi esegetici, si ritrovano ampie le tracce negli studi posteriori, specie del Mondolfo.

La critica piú profonda al marxismo è dovuta in quegli anni ai filosofi (Croce, Gentile, Chiappelli) che preferirono, alla discussione logorante sui testi, lo studio sulle derivazioni ideologiche del Marx (Feuerbach, Hegel) e sull'intrinseca natura della sua posizione. Benedetto Croce, maestro della nuova generazione e simpatizzante col nascente movimento, rimane indubbiamente lo spirito piú vigoroso che si sia occupato di problemi marxisti. Col Bernstein e col Sorel (che introdusse in Italia) egli costituisce la triade che massimamente contribuí al progressivo sgretolamento del sistema. Avendo spogliato il materialismo storico d'ogni sopravvivenza di finalità e di disegni provvidenziali, e ridottane la portata a quella di un semplice canone interpretativo, ancorché ricco di suggestione, dimostrò come esso non potesse dare appoggio né al socialismo né a qualsiasi altro indirizzo pratico della vita. Per diventare azione – sosteneva Croce – esso abbisognava di una serie di complementi etici e sentimentali, di giudizi morali ed entusiasmi di fede: e giustamente criticò l'assurdo relativismo morale professato dai socialisti. Egli smantellò le posizioni Loriane, tanto in voga in Italia negli ambienti socialisti, corresse arditamente alla luce della filosofia idealistica la teoria della lotta di classe (la storia è lotta di classi quando vi sono le classi e hanno coscienza dei loro interessi antagonistici), e recò una serie di classici saggi alla comprensione e alla critica della teoria del valore, a cui negò giustamente valore scientifico.

La revisione crociana, che il suo autore stranamente si ostinò a considerare pura e semplice interpretazione, anticipò in sintesi quasi tutti gli svolgimenti posteriori della critica marxista in Italia e all'estero; e, specie dopo il 1900, contribuí ad allontanare dal movimento, ancora ufficialmente aderente al vangelo marxista e materialista, non pochi elementi di élite. Mentre, in ragione stessa della sua arditezza, del suo carattere non sistematico, e soprattutto della non ortodossa sua provenienza, non incise, come logicamente avrebbe dovuto, lo stato maggiore socialista. Nessuno parve anzi preoccuparsi delle ripercussioni che quel forte pensiero avrebbe avuto sui giovani; nessuno si attentò a rispondere al critico suggestivo e dissolvente; era idealista... e tanto bastava. E cosí avvenne che i suoi scritti, diffusissimi in Italia, siano restati a tutt'oggi inconfutati, probabilmente perché inconfutabili.

I due tentativi revisionistici di qualche importanza che si ebbero dopo il '900, furono il riformista e il sindacalista rivoluzionario, che, a malgrado le profonde discordanze pratiche, erano mossi da preoccupazioni di ordine simile. Entrambi – ma più il secondo che il primo – dichiaravano necessaria una profonda revisione che per certi lati equivaleva ad un abbandono; entrambi, antideterministi, tendevano ad una rivalutazione delle forze e dei valori morali. Ma entrambi troppo politici, troppo settari, troppo in funzione delle accanite lotte di tendenza, troppo preoccupati di ricavare ad ogni costo dal marxismo elementi di conforto delle proprie tesi pratiche.

In una prima fase, sotto l'impressione della libertà di fresco conquistata e del prorompente moto operaio, si tentò di affermare, ad opera dei migliori elementi della vecchia guardia socialista (Bissolati, Bonomi, Cabrini e, solo in parte, il Turati) una revisione di stile bernsteiniano, con qualche accenno a una possibile esperienza laburista che adeguasse più strettamente il movimento alla realtà della situazione italiana. Ma, se si prescinde da studi pregevoli su questo o quell'aspetto della dottrina e da una lodevole preoccupazione per i problemi pratici, si deve riconoscere che la revisione riformista italiana, professata a mezza bocca, e accompagnata, specie dai capi politici, da prudenti riserve e distinzioni, non solo non aggiunse nulla di sostanziale a quanto già aveva detto il Bernstein, ma non incise menomamente le masse. Trattenuta dal timore di crisi disincantatrici e di speculazioni estremiste, si ostinò, ancor più del Bernstein, in una insostenibile rivendicazione della propria purità marxista, rifiutando di condurre le critiche alla loro logica conclusione. Sul terreno pratico, forse indebolita dal rumoroso e sterile atteggiamento negativo dei rivoluzionari, finí per adattarsi ad una azione frammentaria di riforme, ad una politica di compromessi e transazioni, perdendo ognora più di vista i fini più generali e lontani della lotta. D'altronde per trionfare essa avrebbe necessitato l'adesione di larghe correnti giovanili; mentre i giovani, in quegli anni, se socialisti, gravitavano quasi tutti verso l'ala rivoluzionaria e, in particolar modo, verso quella sindacalista. Inoltre il Bissolati, il Bonomi e il Salvemini, che della revisione erano stati i più decisi esponenti, si allontanarono o furono espulsi dal partito e persero ogni influenza sulle masse. Rimase quasi unico il Graziadei, fedele alle tesi revisionistiche anche quando, dopo vent'anni, passerà al comunismo.

Il merito di una larga ripresa di studi marxistici risale in quegli anni soprattutto ai sindacalisti rivoluzionari, e ai due giovanissimi leaders del movimento, Arturo Labriola ed Enrico Leone. Sulle pullulanti riviste dilagarono gli scritti esegetici e le discussioni che, se pur viziate da troppo evidente apriorismo e disinvoltura di metodi, innegabilmente rivelarono indipendenza di giudizio e genialità di spunti. Labriola più d'ogni altro si sforzò, con le risorse di un ingegno brillantissimo, di coniare una interpretazione nettamente volontaristica volta a fare di Marx un precursore delle tesi sindacaliste. Ma se fu eloquente fu assai poco convincente, e mai riuscí a dimostrare che Marx avesse, non dico scritto, ma anche solo pensato, ciò che egli cosí audacemente attribuivagli in materia di idealismo rivoluzionario, azione diretta, federalismo, ecc. Purtroppo il movimento si risolse, in pratica, in una disordinatissima avventura di intellettuali disoccupati che non sapevano piegarsi alla necessaria disciplina di un moto di masse; fuoco fatuo di importazione, come rapidamente fiorí, cosi rapidamente decadde, lasciando scarse tracce, all'infuori di una travolgente rivendicazione della libertà umana nella storia, comprensibile reazione al piatto fatalismo dei marxisti puri. Molte giovani energie che vi avevano entusiasticamente aderito, anche per certo suo garibaldinismo e fede nella violenza creatrice, andarono alla deriva o passarono ad altri movimenti di estrema, come l'anarchico e il sindacalistico. Svalutato dal clamoroso insuccesso pratico e dal volgare arrivismo di troppi suoi capi, cadde cosí nel vuoto questo unico tentativo revisionistico condotto su ampio fronte senza infingimenti e calcoli meschini; e di tanto ne sortí rivalutato il vecchio conformismo che additava nella scapigliatura teoretica le ragioni del fallimento in sede pratica. Dopo di esso, cioè dopo il 1908, non è piú il caso di parlare di movimenti revisionistici; quella vivacità di studi marxisti che si era avuta sino allora decadde; e solo di tanto in tanto è dato imbattersi in qualche libro, come ad esempio quello del Salucci, che riprendeva i motivi del revisionismo bernsteiniano con maggiore aderenza alle cose italiane, tentando una conciliazione tra Marx e Mazzini, tra economia e morale. Dal 1910 ai giorni nostri un solo nome di vero rilievo si incontra nel campo della esegesi marxista: Rodolfo Mondolfo, tempra serena e conciliativa di studioso, cui è doveroso dedicare qualche pagina meno frettolosa per due motivi egualmente importanti: che egli riassume in sé tutti i motivi della critica anteriore e che la sua esegesi costituisce tuttora lo strumento massimo, per non dire unico, della educazione marxista delle nuove generazioni italiane.

Anche il Mondolfo non si è saputo sottrarre al difetto tipico di tutti gli scrittori revisionisti: di confezionare un Marx di maniera, estremamente riveduto e corretto, di far rientrare di contrabbando nel suo pensiero – mercé dialettiche acrobazie e sfoggio di erudizione – le proprie idee e le nuove esigenze, rinunciando a priori ad ogni sviluppo originale; di rivedere quel pensiero alla luce unilaterale della posizione giovanile del suo autore, rigettando tacitamente tra le «scorie» quanto non quadra nel nuovo schema interpretativo, ancorché Marx, a quelle «scorie», mostrasse di annettere fondamentale importanza.

Al pari di tutti i revisionisti, Mondolfo risolve il marxismo nella teoria materialistica della storia, e questa nel concetto centrale di rovesciamento della prassi. Teoria del valore, catastrofismo, sono gettati ad bestias. Lo scopo di Mondolfo è quello di estrarre dal marxismo una filosofia del socialismo che si concili pienamente con una visione attivistica del processo storico, senza cadere negli eccessi del volontarismo estremo.

Il rapporto tra l'uomo e il suo ambiente storicosociale, egli dice in sostanza, non è un rapporto tra due cose esterne l'una all'altra, ma è un rapporto di azionereazione, rapporto dialettico, all'interno di un'unica realtà. Il soggetto conosce l'oggetto in quanto lo produce; il soggetto è l'uomo sociale che, spinto dai suoi bisogni, da una perpetua insoddisfazione della realtà in cui vive, si sforza di mutare le forme e i rapporti sociali dapprima esistenti. È in questo sforzo, e solo mercé questo sforzo, che egli acquista coscienza della realtà e della sua insufficienza. Per interpretare il mondo, diceva appunto Marx in una delle sue glosse a Feuerbach, bisogna cangiarlo.

Il concreto processo storico consiste nello svolgersi della attività umana in una continua lotta interiore, in cui l'avverarsi continuo di contraddizioni da superare costituisce la condizione e l'essenza stessa della storia. L'attività precedente, nei suoi risultati, diventa condizione e limite dell'attività successiva, che si afferma come opposizione a ciò che preesiste e tende a superarlo dialetticamente. Il passato condiziona il presente e questo l'avvenire, ma al tempo stesso è anche stimolo e impulso all'azione ulteriore modificatrice. L'umanità lotta dapprima contro le condizioni naturali e poi contro le condizioni sociali da essa stessa create che divengono col tempo impedimento allo sviluppo ulteriore.

La lotta si svolge tra forze di espansione e forze di conservazione, sotto l'aculeo del bisogno. Quali sono queste forze di espansione? Sono, risponde Mondolfo, tutte le energie e attività degli uomini e si possono ricondurre tutte (ecco il punto delicato mai dimostrato, e l'artificioso allacciamento a Marx) al concetto di forze di produzione. Le forze di conservazione sono invece rappresentate dai gruppi ceti classi interessati alla conservazione delle forme e dei rapporti sociali esistenti. La lotta assume perciò nella realtà l'aspetto di un urto di classi contro classi; in questo senso può dirsi che la lotta tra le classi sia l'essenza della storia.

Lo sviluppo storico risulta dunque dalla confluenza e dal contrasto insieme di due elementi: le condizioni reali e la volontà umana.

Nella storia non c'è posto cosí per azioni e creazioni arbitrarie: l'azione ha contro di sé le sue condizioni e i suoi limiti. Lo stesso scoccare dell'ora delle rivoluzioni è segnato da una intrinseca necessità, la quale, allo stesso modo che le rende inevitabili quando siano mature, le rende impossibili quando manchi la pienezza delle loro condizioni. Questo concetto di necessità storica – conclude Mondolfo – è il concetto stesso del rovesciamento della praxis, ed è il nucleo essenziale del materialismo storico.

Disgraziatamente però la posizione del Mondolfo non è conciliabile con quella di Marx. Finché Mondolfo si limita a porre in luce la visione genericamente dialettica del processo storico insita nel marxismo, non v'è nulla da obbiettare. Ma tutto da obbiettare quando tenta di introdurre, tra i termini della opposizione, la volontà umana, facendo degli uomini, in quanto esseri consapevoli, volenti ed operanti, i veri attori della storia. Perché nel sistema marxista i termini di opposizione sono puramente e semplicemente lo sviluppo tecnico (in senso lato) e i rapporti sociali. Se manca il contrasto tra questi due elementi dell'ambiente, viene anche meno, negli uomini, la volontà di opporsi alla forma sociale in cui vivono (Longobardi). Per avvalorare la tesi contraria – che in sé è perfettamente accettabile, ma non è conforme al pensiero marxista – Mondolfo è costretto a sforzare sino all'inverosimile le formule marxiste, sostituendo alle espressioni «forze produttive», «sistema di produzione» – inequivocabili in Marx – gli «uomini» nella totalità del loro essere. Lo fa con grande apparato erudito e lusso di svolgimenti, sulla base di rare frasi faticosamente carpite, di tardive resipiscenze dell'Engels, e soprattutto delle famose quattordici glosse a Feuerbach, due paginette di appunti giovanili che Marx mai pubblicò in vita, e che fissavano una sua interessantissima ma poi superata posizione; ma la dimostrazione manca, e non può che mancare, dato che Marx è sordo ad ogni appello in questo senso. Un tipico esempio di questo metodo lo si ha nel tentativo del Mondolfo di conciliare quel benedetto Capitale, tetragono alle piú modeste sollecitazioni volontariste, col concetto della praxis che si rovescia, appunto affermato da Marx giovane.

Dice Mondolfo: Marx, scrivendo che i rapporti di produzione sono indipendenti dalla volontà degli uomini, intendeva riferirsi alle singole fasi della vita economica, nelle quali gli uomini trovano precostituiti i rapporti stessi, e non possono modificarli e foggiarli a loro talento. Ma non appena, da simile considerazione anatomica e separata delle età singole Marx passa a considerare la continuità del processo storico di sviluppo, ecco che i già definiti «rapporti di produzione necessari», base e condizione determinante della vita sociale e spirituale, si convertono non in demiurghi della storia, ma in materia cristallizzata e inerte, contro la quale si svolge la vera forza viva in movimento e bisogno continuo di sviluppo, cioè l'uomo (Sulle orme di Marx, 3ª ed., vol. II, p. 221).

Di dimostrazione neppur l'ombra. Affermazione gratuita. Marx non ha mai lasciato lontanamente supporre di far propria una simile incomprensibile concezione. Quasi potesse darsi una legge vera pel generale e non piú vera pel particolare, un uomo libero in astratto e non nel concreto, nell'eternità e non nell'attimo.

D'altronde se questa del Mondolfo dovesse essere l'autentica interpretazione del marxismo; se davvero tutto il marxismo stesse nel concetto della prassi che si rovescia, a me par chiaro che esso si risolva nel liberalismo. Al marxismo, cosí come lo interpreta Mondolfo, e con lui tutto il revisionismo, repugna infatti sempre piú ogni elemento finalistico; o meglio, da quella interpretazione, non ne discende alcuna conclusione pro o contro la soluzione socialista. Si può accettare la teoria della lotta di classe come un fatto e ritenere che avrà uno sbocco diverso da quello previsto da Marx o che costituirà in eterno il lievito della vita associata. Viene meno cioè quello che era ed è – in realtà – il fulcro e la ragion d'essere di tutto il sistema: vale a dire la scientifica dimostrazione della necessità storica di una soluzione socialista. La necessità del socialismo si trasforma nella necessità del moto socialista, della lotta tra proletariato e borghesia e questa lotta appare ormai aperta a tutte le possibilità e a tutte le conclusioni.

La crisi intellettuale.]

Col Mondolfo si chiude – speriamo provvisoriamente – la storia del revisionismo italiano. Storia triste, ahimè, perché la doppia corrente critica che, in un primo tempo, era sembrata affermarsi, non riuscí a pervenire a risultati conclusivi, a influenzare le masse, e tanto meno a impregnare le tavole programmatiche del partito. Come certe correnti desertiche essa finí per perdersi per misteriose vie sotterranee, che non di rado erano poi le vie dell'ignoranza, dell'indifferenza, dell'insincerità, o di un piatto utilitarismo.

Liberato il partito dalla doppia eresia di destra e di sinistra, concorde in una spregiudicata valutazione del marxismo, eliminate cioè le forze piú giovani, vivaci e spiritualmente indipendenti, della crisi marxista non si parlò piú, quasi fosse stata definitivamente risolta. Si continuò a discorrere allegramente di «socialismo scientifico», si avvalorarono ancora le proprie tesi con indistinte citazioni marxiste, si dichiarò pur sempre il Capitale libro magno e intangibile del socialismo, ma reale approfondimento, consapevole accettazione, non si ebbero piú. Nei rivoluzionari fu un fenomeno di ipocrisia o di superficialità; nei riformisti di debolezza. L'élite socialista, in cosí breve lasso di tempo sortita dalle tenebre delle congiure alla luce delle tribune parlamentari, si sentiva prigioniera della propaganda iniziale e del bisogno religioso delle folle. Ciascuno si abbandonò passivamente al moto che ormai procedeva con leggi sue, ben diverse da quelle codificate nella dottrina, e ci si guardò bene dal «fare il punto», all'uso dei navigatori, rivelando con la propria, l'altrui crisi. Si costruirono tanti «marxismi puri» quante erano le tendenze; ci si accapigliò periodicamente sui testi: e si inventarono formule sapienti piú o meno «integralistiche», «centristiche», «unitaristiche» per evitare scismi e controbattere le minoranze rivoluzionarie nei congressi; i quali congressi, da rassegne di forze vive ed operanti vennero sempre piú riducendosi ad accademie nelle quali di tutto discutevasi fuorché dei problemi vitali del movimento. In meno di venti anni si era passati dalla tonante rivelazione di Marx a un coro monotono di ripetitori. Le parole continuavano a frullare, ma i fatti erano scarsi e lo spirito sempre piú utilitario e meschino. Alle apocalittiche previsioni quasi nessuno, nel suo intimo, credeva piú. il Verbo s'era trasformato in lettera, la fede in rito, il ribelle in prete. Dopo il 1908 la crisi intellettuale e morale aveva assunto un carattere cosí allarmante da richiamare invano l'attenzione di alcuni tra i migliori, come Rigola, Salvemini, Modigliani, e lo stesso Turati, che avvertiva essere le forze del partito scemate d'importanza e di numero, la vita dei circoli anemica, le idee incerte, il fervore dei propagandisti sbollito e generale il senso di rilassamento. Era la paralisi generale, progressiva; lo sciopero dei pochi cervelli ancora in funzione. La gioventú – intendo la intelligencija – corse tutte le esperienze, fuor che quella socialista che, nella serra calda giolittiana, appariva intellettualmente conclusa e priva di vera passione. La gioventú fu volta a volta crociana, vociana (dal giornale «La Voce»), liberale, futurista, nazionalista, cristiana, ma non fu piú socialista. Il socialismo non interessava piú.

Quando ne chiesi la spiegazione ad uno dei rappresentanti piú cospicui del movimento socialista del tempo, n'ebbi una risposta ultradeterministica che dimostra la incapacità di molta gente a rendersi ragione delle cause prime e piú profonde della sconfitta subita. I giovani intellettuali – cosí mi rispose – quasi sempre di provenienza borghese (al pari, del resto, del mio interlocutore) disertarono le nostre fila, per essere il socialismo passato dalla fase ingenua, romantica, entusiasta, ma inefficiente, alla fase molto prosaica ma positiva e realizzatrice della lotta per i salari incidente i portafogli dei loro papà. Non diversamente si pronuncia il Longobardi, anche se con maggiore complessità di analisi, nel suo volume sulla Conferma del marxismo.

Ora questo giudizio è assurdo: può essere un motivo di ripicco, non la conclusione di una serena valutazione del problema. Non ha senso immaginare che solo tra il '90 e il '900 siano esistiti giovani entusiasti, capaci di sacrificare a una idealità il loro personale interesse, la loro carriera. Il Risorgimento vide profondi sommovimenti e folla di sacrifici tra i giovani, e non fu davvero presieduto da una visione meschina dell'interesse della borghesia all'unificazione. E dopo il '900 mancarono proprio fenomeni di dedizione a cause che in nessun modo si spiegano ricorrendo a mobili egoistici? Ma al contrario, è opinione quasi unanime che nella generazione intellettuale che doveva immolarsi nella guerra, si notasse un crescente stato di insoddisfazione e di insofferenza morale; il bisogno, buono o cattivo che fosse, di sortire da quella vita raffinata e cerebralizzante, di immolarsi corpo e anima ad una causa – quale si fosse – purché capace di trascendere i meschini motivi della vita d'ogni giorno.

Se i giovani intellettuali disertarono il socialismo non si fu perché essi divenissero tutti d'un tratto utilitari e filistei. Si fu all'inverso perché proprio il movimento socialista, nelle persone di troppi suoi dirigenti, nello spirito che presiedeva all'opera sua, andò perdendo gran parte del fuoco etico primitivo. Non è da credere che sfuggisse ai giovani lo stato di profondo disagio e insincerità dei leaders del movimento, la superficialità colpevole con la quale avevano creduto di superare la cosiddetta «crisi del marxismo». I giovani hanno bisogno di credere alla nobiltà, alla purezza, alla chiarezza degli ideali professati. Il transigere, che troppi fecero, con la propria coscienza, o il sottrarsi ai richiami e reclami della ragione seppellendo l'interno affanno sotto la formula equivoca, desta in loro repulsione profonda. E repulsione profonda destò in loro il balbettio dei giornali e libri socialisti in cui era venuto meno il vigore del pensiero e la fiamma morale. A questa insofferenza morale si accoppiava una crescente insofferenza d'ordine intellettuale contro il marxismo dogmatico e materialista, e piú ancora contro le posizioni mentali e culturali che distinguevano gli esponenti massimi del socialismo ufficiale e lo stesso partito.

La nuova generazione tutta idealista, volontarista, pragmatista, non capiva il linguaggio materialistico, positivistico, scientificistico dei vecchi. I quali, anziché sforzarsi di penetrare le ragioni intime di questa reazione, si chiusero in una incomprensione cieca e settaria, e irrisero i nuovi atteggiamenti, negando a priori un socialismo non positivistico e definendo semplicisticamente i filosofi idealisti servi della borghesia. Già dal Congresso di Roma si era dichiarato solennemente che il programma portava «l'impronta specifica del socialismo democratico e positivista», cosicché l'aderirvi significava implicita accettazione di quella determinata filosofia. Accanto alla tessera amministrativa si richiedeva la tessera filosofica: e chi non avesse avuto tutti i timbri in regola, chi non avesse mostrato di nutrire ammirazione piena per Comte o Spencer, Darwin o Ardigò, eran tirate d'orecchi, larvati boicottaggi, denegata cittadinanza, finché l'interessato, sentendosi pesce fuor d'acqua, filava via verso piú aereati lidi e vasti orizzonti. E almeno la posizione intellettuale della vecchia generazione fosse stata salda, fresca, professata con vera passione e profonda convinzione. Mentre era tutta rosa e corrosa da una critica sostanziale di cui la gioventú era perfettamente consapevole. Ora non si giunge alla fede attraverso la critica; e quella critica, quelle poderose confutazioni del marxismo ortodosso e del positivismo nessuno s'era mai preoccupato di controbattere con solidi argomenti, oltre che con facili ironie e stupide accuse.

Cosí fu che i vecchi non compresero nulla del segreto travaglio dei giovani, e i giovani abbandonarono la vecchia gloriosa corrente, segnando un distacco che fu fatale alle fortune del socialismo italiano; fatale, dico, perché contiene in potenza molte delle ragioni della futura sconfitta. L'unico tentativo pratico di rinnovamento avutosi all'interno del partito innanzi la guerra è dovuto al Mussolini. Avventuriero nel mondo della cultura non meno che in quello della politica, in lui difettava un pensiero saldo e coerente e una onesta preoccupazione intellettuale; alla sua frenetica volontà d'azione e di comando una cosa sola premeva: l'affermazione della sua persona. Le idee, i valori, le fedi in tanto valevano in quanto potevano farsi strumento della sua ambizione. Ma, dotato di intuito non comune, egli – quasi unico – sentí come la vecchia posizione socialista non soddisfacesse il bisogno dei giovani e si dette tutt'uomo a rinfrescarla facendo larga parte all'idealismo da un lato e al volontarismo pragmatista e bergsoniano dall'altro. Malgrado la sua intrinseca immoralità e la estrema superficialità della sua posizione rivoluzionaria egli riuscí in breve a trascinarsi dietro gran parte della gioventú socialista e a impadronirsi clamorosamente del partito. La vittoria di Mussolini fu dovuta in buona parte alla costituzionale incapacità di rinnovamento dei vecchi quadri dirigenti del movimento; i quali condannavano bensí questo improvviso quanto assurdo ritorno all'insurrezionismo blanquista, ma non erano poi in grado di contrapporgli un programma costruttivo che fosse animato da una visione ampia e lungimirante dei problemi della vita italiana. Il loro riformismo, guasto dalla tabe elettoralistica e dalla lotta per riforme sociali di dettaglio, echeggiava, o pareva proprio echeggiare, un profondo scetticismo, come di gente che non crede piú negli ideali della propria giovinezza, ma non osa confessarlo.

Né è a dire che difettassero in quegli anni tra i giovani sane correnti realistiche capaci di alimentare un riformismo virile e realizzatore. Ma esse furono sistematicamente compresse ed eliminate. L'esempio piú tipico resta «l'Unità» del Salvemini che riuscí a raccogliere attorno a sé un autentico stato maggiore di giovani tendenzialmente socialisti: fornendo cosí la riprova che la decadenza non era dovuta alla fuga della nuova generazione dal socialismo, ma piuttosto alla incapacità del partito a farsi eco delle sue esigenze. Si affermava la urgente necessità di un programma d'azione che sostituisse alle lotte per le riforme prevalentemente economiche che interessavano solo ristrette categorie di lavoratori, la lotta per una serie di grandi riforme politiche di interesse generale (riforma tributaria, doganale, comunale, militare) solo capaci di creare nel popolo quella coscienza politica che è la premessa indispensabile per il nascere di una moderna democrazia. Il Salvemini esagerò spesso nelle sue critiche e finí per cadere, per amore di concretezza, in un puro problemismo. Ma è indubbio che egli, piú acutamente d'ogni altro, diagnosticò la crisi che rodeva alla base il socialismo italiano.

In verità negli ultimi anni innanzi la guerra il socialismo italiano era, intellettualmente, una cosa morta. Se da un stimolo parve esso animato, fu, se mai, quello della autodistruzione, tanto esso fece per coalizzare contro di sé tutte le correnti giovanili. Esso fece sí che la reazione intellettuale antimarxista si incontrasse con quella convergente antidemocratica, antiparlamentare, che in Italia significava poi antigiolittismo. Il socialismo riformista, non realista ma transazionista, venne esso pure identificato col parlamentarismo degenerante; influendo su questa reazione e traendone nuovo vigore e giustificazione, si alimentarono le correnti rivoluzionarie, da Sorel a Mussolini, e le correnti nazionaliste; le quali poi, convergendo il dí della guerra, dettero potenzialmente vita al fascismo.

L'atteggiamento del partito durante la guerra, con la infelice formula «né sabotare né consentire» conferma la incertezza e lo spirito compromissorio che l'animavano.

La guerra travolse come valanga il già fragile edificio intellettuale. Il febbrile dopoguerra, col suo ciclo vorticoso di esperienze, venne vissuto alla giornata, con un drenaggio a rovescia che polarizzò le scorie ed eliminò gli elementi piú vitali. Accanto ai pochi ma saldi rappresentanti del vecchio gruppo dirigente non si intravide neppur l'ombra di qualche autentica energia giovane. Si marciava ormai stancamente nei vecchi solchi, presentendo il pantano finale, incapaci di sortirne. E ora da sette anni non si marcia piú e sui campi deserti spesseggia la gramigna e neppure le fioche voci antiche riescono a giungerci.

Occorre finalmente una rude scossa intellettuale che sottragga i socialisti italiani al loro passivismo ideologico, costringendoli a pensare autonomamente e a conquistare con duro personale travaglio di ricerca, di dubbi e di contrasti i nuovi valori da sostituire alla fede cieca nelle virtú taumaturgiche degli specifici marxistomaterialisti.

Tempo è venuto. Anche la Chiesa socialista reclama la ribellione del libero esame e la fine di tutti i catechismi.

Capitolo IV: conclusione del revisionismo

<Da quanto si è detto nei capitoli precedenti appare che se il revisionismo ebbe il merito di rompere la incrostazione dogmatica, sforzandosi di adeguare la teoria alla nuova prassi del moto operaio e sceverando nel marxismo gli aspetti ancor vivi e fruttuosi da quelli sterili e superati, non seppe o non osò condurre il processo di revisione alle sue logiche conclusioni e finí per arenarsi in una polemica interpretativa che annullò gran parte dei benefici che aveva apportato.

Quel che esso non fece è compito della nuova generazione di fare, con piena sincerità e indipendenza di giudizio, senza tema di infrangere idoli di cartapesta o stampata e senza illusioni di larghi immediati consensi. Il materiale critico accumulatosi nel trentennio è tale – cosí nel regno dei fatti che delle idee – che non si tratta tanto di dir cose nuove o di avanzare una ennesima interpretazione di Marx; quanto di mettere in chiaro i risultati obbiettivi e in gran parte concordanti cui era giunto il revisionismo. In breve, si tratta di erigere un bilancio del marxismo in rapporto al movimento socialista.

Il compito è urgente, urgentissimo. Particolarmente in Italia. Da troppi anni le posizioni ideologiche del socialismo si sono cristallizzate rompendo con la pratica. Siamo oggi ancora a Bernstein, alle posizioni e alle discussioni del '900. Mentre il mondo, dal '900 ad oggi ha, piú che camminato, precipitato. È sorto, o si è fatto formidabile, il moto operaio; i partiti socialisti stanno trasformandosi in partiti di governo e sono sulla via di strappare maggioranze; la democrazia politica è ormai patrimonio non esclusivo ma certo fondamentale delle masse lavoratrici; lo Stato è andato perdendo progressivamente il suo carattere di classe; l'economia borghese si è andata organizzando e razionalizzando; la ricchezza è moltiplicata, anche per le classi operaie; una guerra e una rivoluzione immani sono sopravvenute fornendo formidabili esperienze nuove... Tutto è mutato intorno a noi. Tutto, fuorché il programma e l'ideologia socialista, che si vorrebbero sbocciate complete e perfette nei secoli, per opera del profetico genio di Marx.

La scissione comunista in tutto il mondo ha certo concorso non poco a chiarire la fisionomia socialista, se non altro per la necessità reciproca di distinguersi e di affermarsi su posizioni del tutto autonome; ma il chiarimento fu tutto d'ordine pratico e polemico, imposto dalle circostanze, e non vi corrispose davvero una egualmente chiara sistemazione ideologica. I dirigenti dei partiti socialisti d'Europa – Inghilterra esclusa – rivendicano oggi ancora col Kautsky una del tutto inesistente e risibile purità marxistica. Si direbbe anzi che la scissione e le sopravvenute responsabilità di governo abbiano accentuato nei capi – sotto l'assillo della concorrenza comunista – un equivoco conservatorismo ideologico che li rende piú riluttanti che per il passato ad un serio esame ideologico. È incredibile il timore che pervade i piú di fronte alla eventualità di doversi discostare apertamente dalla tradizione marxista, e il sabotaggio piú o meno consapevole d'ogni sia pur timida corrente non marxista. Marx è il tabou. Meno se ne parla meglio è. Ci si affida alla pratica, maestra di vita, e si tira a campare. Il cervello socialista oscilla tra la ortodossia formale e il piatto empirismo.

Io conosco molti socialisti, anche giovani, che condividono nel loro intimo le punte piú estreme del pensiero revisionista; che riconoscono la necessità di un serio sforzo di rinnovamento ideologico; che giungono financo a proclamare Marx superato. Ma ciò sono disposti normalmente a concedere in camera charitatis, tra quattro mura e pochi amici. Ché non appena si tratti di assumere una posizione responsabile si fanno reticenti ed equivoci e scivolano via volentieri sulla superficie liscia del solito ordine del giorno standardizzato. Pigrizia? Insincerità? Timore di perdere le masse? Sensazione oscura e vile dei pericoli e delle responsabilità che ci connettono ad una piú autonoma e quindi piú soggettiva, faticosa e critica posizione? Probabilmente tutte queste cose assieme. Il fatto è, insomma, che coloro che dovrebbero esercitare funzione dirigente, coloro cui spetta il compito di pensare per gli altri infiniti troppo assorbiti dal problema dell'esistenza, han finito per ridursi prigionieri dell'ingenuo feticismo delle masse, da essi stessi creato, e che, con non molta fatica, si potrebbe distruggere. Basterebbe volere. E pazienza ancora se] ciò seguisse in modo particolare là dove il moto socialista è in progressivo ordinato sviluppo, sulla via di conquistare o rassodare posizioni di comando: ché là è piú scusabile il desiderio di evitare discussioni troppo accese nell'ora delicata del trapasso dalla critica negativa all'azione positiva. Ma il grave si è che ciò si avvera soprattutto in Italia dove il moto socialista è stato letteralmente spazzato, e dove domani si dovrà ricominciare ab ovo, con animo nuovo adeguato alla grande esperienza vissuta e alla generazione mutata.

Bisogna ribellarsi a questo fatale andare – che non è un «andare», ma un retrocedere o un agonizzare –; e combattere ogni forma di ipocrisia intellettuale, di debolezza senile, ogni fuga per la linea di minor resistenza, e di massima diseducazione. Ai giovani, di anni o di spirito, corre l'obbligo di imporre una decisa chiarificazione ideologica che abbatta finalmente tutti i rami secchi che impacciano assurdamente il cammino, che ci liberi di tutto il vecchio pesante bagaglio catechistico che tanto concorse alla nostra sconfitta. Saremo dapprima in pochi, e molto ci sarà da lottare. Ma la lotta è vitale ed assurge addirittura ad obbligo di coscienza per chi creda di avere identificato nello spirito di compromesso e nella pavidità dei teorici e dei capi una delle ragioni massime della crisi che il socialismo attraversa.>

La conclusione logica cui conduce il revisionismo è la rottura tra socialismo e marxismo. Il revisionismo ha difatti confutato o tacitamente abbandonato tutte le tesi marxiste che piú strettamente si collegavano alla posizione socialista; mentre ha valorizzato le tesi piú propriamente filosofiche o sociologiche (materialismo storico, lotta delle classi) che, per il valore sempre piú universale e obbiettivo che vanno assumendo, non possono essere monopolio di nessuna parte politica. Dalla interpretazione che del marxismo dànno i revisionisti, discendono logicamente queste conseguenze: 1) che si può essere marxisti senza essere socialisti; 2) che si illudono quei socialisti che ancora credono di ritrovare nel marxismo il principio informatore, la guida, del concreto movimento socialista.

La dimostrazione di queste tesi apparentemente paradossali non è difficile. Vedemmo già come la vera originalità della posizione marxista rispetto alle altre posizioni socialiste non stesse né in una diversa prospettazione del fine né in una sostanziale divergenza di metodi, ma nel concetto della necessità storica dell'avvento socialista per effetto della legge intima di sviluppo della società capitalista. Mentre il socialista premarxista denuncia le ingiustizie sociali e postula la società socialista in nome di un principio astratto e assoluto di giustizia, Marx, storicista, si sforza di dimostrare che questa soluzione socialista vive già in potenza nella società attuale e costituisce la necessaria sintesi superatrice della contraddizione che mina alle basi il sistema capitalistico di produzione. A questa conclusione egli arriva attraverso lo studio obbiettivo del processo storico, con l'ausilio del metodo materialistico di interpretazione della storia. La catena del pensiero marxista, ricostruita logicamente – a posteriori – diventa: metodo materialistico, applicazione di esso allo studio della società capitalistica, previsione oggettiva della necessità della soluzione socialista. Il marxista veramente conseguente è dunque socialista per deduzione. Se cade la premessa – cioè la teoria del materialismo storico – o se mutano i risultati cui porta l'applicazione del metodo – cade automaticamente la conclusione socialista.

Ora quale è stato il senso della reazione revisionista? Essa ha detto: c'è nel marxismo un nucleo primo fondamentale, il materialismo storico. Attorno a questo nucleo si è formata una incrostazione pseudo teoretica che non è che il risultato di una prima grossolana applicazione del metodo materialistico fatta da Marx alla società del suo tempo. Essa era piena di significato allora; ma oggi, dopo il perfezionamento apportato al metodo e tutte le trasformazioni seguite, non resiste piú alla critica. In questa incrostazione, in queste scorie, rientrano la teoria della crisi, dell'immiserimento progressivo, della concentrazione delle ricchezze in poche mani, dell'esasperarsi delle lotte di classi sino al violento cozzo finale. Abbandoniamo le incrostazioni, cioè le fallaci applicazioni del metodo, e salveremo il nucleo primo, il nucleo puro del marxismo.

Ma abbandonare la incrostazione equivaleva buttare a mare la conclusione socialista del marxismo: e siccome il marxismo è una teoria socialista solo per le conclusioni, significava relegare il marxismo fuori dal novero delle teorie socialiste. In verità cosí era. Da quel giorno il marxismo perse l'attributo socialistico. Ma un risultato cosí paradossale non era davvero dichiarabile, data la strettissima identificazione che si era ormai abituati a fare tra socialismo e marxismo. Caduta la conclusione socialista, bisognava reintrodurre il socialismo nelle premesse. Ed ecco i revisionisti affannarsi a far posto nel materialismo storico al momento della libertà, ad una visione attivistica del processo storico. Ed ecco sorgere o risorgere la teoria del rovesciamento della praxis. La quale non è in sé socialista, non contiene nulla che accrediti una soluzione socialista. Ma facendo posto alla volontà umana nella storia, fa posto al socialismo. È chiaro però che il rapporto tra materialismo storico e socialismo veniva ad essere capovolto. Ciò che per l'innanzi costituiva una conclusione necessaria diventa ora una premessa eventuale. I revisionisti hanno fatto a ritroso il cammino di Marx e dalla scienza socialista sono tornati alla fede, cioè alla posizione delle scuole premarxiste.

È appena necessario dire che di questo capovolgimento non hanno avuto chiara coscienza; e hanno continuato a sostenere assurdamente il marxismo come la teoria socialista per eccellenza facendo del principio del rovesciamento della prassi il pilastro essenziale del loro socialismo. Col melanconico risultato che non appena il socialista approfondisce i fondamenti teorici della sua posizione sente sfuggirsi il terreno sotto ai piedi e si trova ad oscillare tra il vuoto e il dogmatismo.

Per passare infatti dalla teoria del rovesciamento della prassi alla prassi... immobile della società socialista, i socialisti revisionisti debbono rinnegare se stessi accedendo a quel determinismo economico volgare e a quella estrema semplificazione di diagnosi sociologica contro cui giustamente avevano reagito. Cioè debbono a) ricondurre tutte le contraddizioni sociali a quell'unica tra sistema di produzione e sistema di appropriazione; b) imporre un ruolo obbligato alla volontà umana; c) fissare una direzione categorica all'evoluzione produttiva; d) postulare uno stato sociale statico e perfetto.

Vale a dire debbono rinnegare quella visione dialettica della storia – indefinita serie di lotte, non solo e sempre di classi, e non solo e sempre economiche – che è alla base della loro revisione e che, anche per MarxEngels, è l'unica legge a priori della storia. Cioè negare la storia stessa.

In verità al marxismo dei revisionisti ripugna ogni preciso elemento finalistico; o meglio, dalla loro posizione teoretica non discende alcuna conseguenza pro o contro il socialismo. Si può accettare la storia come eterno contrasto di classi, e ammettere una pluralità di sbocchi o addirittura non considerare la funzione borghese come funzione di sola conservazione. Per una conclusione socialista si richiede l'intervento di dati empirici (catastrofismo marxista) o di un elemento di fede. D'altronde occorre tener presente che nella dialettica storica il momento della tesi non è meno importante di quello dell'antitesi; anzi l'uno non è pensabile senza l'altro. Una concezione politica che voglia derivarsi dalle posizioni del materialismo storico deve far proprie, giustificare e comprendere assieme e la funzione conservatrice borghese e la funzione rivoluzionaria proletaria, ponendosi sempre sulla diagonale delle forze.

Io reputo sterile il tentativo di voler collegare troppo strettamente le posizioni filosofiche con quelle pratiche. Ma se questo collegamento si vuol fare per la teoria del materialismo storico, con la interpretazione revisionista non è nel socialismo che si sbocca, ma in pieno liberalismo. In un liberalismo piú concreto e realistico, che guarda alla sostanza del moto sociale e alla dialettica delle cose, che identifica con maggior precisione e realismo gli agenti del progresso, le forze animatrici del movimento, che fa i conti con i gruppi e con le classi e che oggi, in questo stato sociale, con questa forma di produzione, questa psicologia, questi bisogni, questa sedimentazione ideologica, dà un posto preminente al problema sociale, alla lotta tra proletari e capitalisti, <ma pur sempre nel liberalismo.

Col revisionismo viene dunque meno quello che era il carattere distintivo del sistema marxista: cioè la dimostrazione obbiettiva e rigorosa di una soluzione socialista.> Dal marxismo si passa al revisionismo, e dal revisionismo al liberalismo. Queste tappe sono fatali. Già Bernstein, trent'anni fa, lasciò intendere che questa sarebbe stata la conclusione. Il moto socialista è tutto, egli disse, e il fine è nulla. <O il fine in tanto vale in quanto alimenta il moto.> La sua formula era quella di un socialista liberale. Parve scandalo allora. Si avvia oggi ad essere la posizione caratteristica di tutta la nuova generazione socialista.

Intorno al valore del materialismo storico si è molto discusso in questi ultimi anni. Molti scrittori marxisti sono disposti a concedere che esso non fornisce appoggio ad una tesi finalistica socialista; ma tutti però insistono nel rilevare il valore immenso che esso ha come guida, come «bussola» del moto socialista, tanto che parlano di esso come della filosofia specifica del moto socialista. Solo il materialismo storico, solo il concetto del rovesciamento della praxis, proclama Mondolfo, può conciliare i due estremi del materialismo fatalistico e del volontarismo antistorico e salvare il movimento cosí dal facilonismo rivoluzionario come dall'impaludamento riformista. Esso solo dà al rivoluzionario la consapevolezza delle possibilità e dei limiti dell'azione in ogni momento dato. Mondolfo non esita a dichiarare che il fondamentale difetto dei socialisti italiani è consistito nella incongruenza delle premesse filosofiche, nella mancanza di una coerente orientazione teorica, nella trascuranza del principio essenziale di quel realismo storico, al quale pure han creduto appoggiarsi, che consiste nel rovesciamento della praxis.

Ora io confesso che in tutte le formule famose care ai revisionisti marxisti, dalla «prassi che si rovescia» alla «realtà condizionante e condizionata», dall'«uomo creatore della sua storia nei limiti delle condizioni preesistenti che sfuggono al suo controllo», al «presente figlio del passato e padre dell'avvenire», non vedo nulla di specifico capace di soddisfare le esigenze del moto socialista, nulla che possa guidare l'azione socialista in ogni concreta situazione storica. In essa non vedo che una generica trasposizione del principio dialettico dalla sfera concettuale a quella del reale e un consiglio generico di prudenza ai rivoluzionari, infinitamente meno suadente di quello che viene dai fatti e dalle libere esperienze. Osservo però che mentre nel sistema marxista questa dialettica di cose aveva un significato perfettamente chiaro e una direzione (soluzione socialista) ben precisata, nel revisionismo essa assume un valore sempre piú vago ed evanescente. La bussola tanto decantata è uno strumento che, all'atto pratico, si rivela sordo alle influenze magnetiche della storia che si fa. Per applicare, in ogni concreta situazione storica, il metodo materialistico, tutto sta, evidentemente, nella valutazione dello stato delle cose (meccanismo produttivo) e delle coscienze (uomini che lottano contro l'ambiente fisico ed economico). Ora questa interpretazione sarà sempre, entro certi limiti, viziata da soggettivismo e apriorismo. L'antitesi tra volontarismo e fatalismo che si crede di aver superata in sede teoretica col concetto della prassi che si rovescia, risorge in pieno nella pratica. Anche il volontarista sfrenato, quando proclama tesi semplicistiche e invoca salti miracolosi può, in buona fede, reputarsi pieno di senso storico. Se nel processo storico si fa posto alla volontà, il volontarista può sempre, nella maestà della sua intuizione, ritenere non vano l'appello alla volontà. E magari pensare che occorra esagerare volutamente il ruolo della volontà per forzare gli uomini, pigri e ciechi, a farne un uso ragionevole. Quando si entra nei regni complessi della psicologia, il materialismo storico si rivela impotente.

In sostanza tutto il materialismo storico, dopo la sostituzione dell'interdipendenza al determinismo, si risolve in sede pratica in una lezione di realismo storico, in una verità banale che fu acquisita da secoli per gli uomini d'azione: non fare il passo piú lungo della gamba. Quando questa lezione fu impartita, cioè al tempo di Marx, fu veramente salutare, perché reagí alle orgie utopistiche e a tutti i disegni aprioristici di palingenesi sociale, frutto del razionalismo astratto del secolo XVIII; ma oggi tende a farsi nociva. Tutti i movimenti socialisti europei, sotto l'incubo di questa necessità che tanto hanno concorso a rivelare, hanno perso ogni fiducia nello slancio creativo delle masse. È forse venuta l'ora di mettere l'accento sul momento della libertà, di ricordare che in ogni caso è ai partiti riformatori che spetta esagerare l'elemento volontaristico, mentre è a quelli conservatori che spetta di esagerare le resistenze. Il determinismo marxista, e anche la interpretazione corretta che di esso dànno i revisionisti, induce alla accettazione o per lo meno a un eccessivo rispetto a priori della realtà esistente, appunto perché esistente. Esso umilia l'umanità ricordandole di continuo la sua pochezza di fronte alle formidabili forze ambientali, naturali e sociali; e può facilmente condurre a forme di rassegnazione sul tipo di quella cattolica. Tutti gli dei sono pericolosi, compreso quello delle forze produttive. Dirò una cosa che può sembrare paradossale; ma a me sembra che, nello stadio attuale dei rapporti sociali, il materialismo storico è filosofia che assai meglio si addice alla classe capitalistica, che alla classe proletaria. Il capitalista, e in particolare l'imprenditore, essendo alla testa del processo produttivo, dominandone e combinandone gli elementi, prendendo una parte attiva al progresso tecnico, possiede la coscienza della sua attiva partecipazione alla trasformazione del processo produttivo; riesce cioè a concretamente inserire la sua volontà nella storia, e il suo rapporto con la vita economica è tipicamente di azionereazione. Il proletario (e per lui l'intellettuale che aderisce alla causa dei lavoratori), subendone invece solo i contraccolpi o essendo obbligato ad aderire passivamente al processo produttivo, non vede nelle forze di produzione che delle determinanti contro le quali, oggi, è impotente a reagire. Il materialismo storico diventa nelle sue mani non una filosofia liberatrice, ma una filosofia che gli disvela le sue catene e, disvelandogliele, lo induce a vani conati per liberarsene. Può servire in periodi di eccezionale esaltazione per calmare troppo ardore di illusione; ma non può essere la filosofia base di un movimento operaio che è ancora in stato di minorità nella direzione dell'economia. Psicologicamente parlando è fatale che il materialismo storico assuma, presso le masse, un colorito deterministico.

Piú in generale si può dire che a tutti i dominatori occorre ricordare continuamente i limiti, mentre a tutti i soggetti bisogna negarli o ridurne la portata. Il partito comunista in Russia ha sete di materialismo storico; gli scientifici partiti socialisti marxisti europei hanno sete di volontarismo. Di un volontarismo non parolaio, beninteso, che sia nutrito da una fede virile nella capacità costruttrice e sostanzialmente rinnovatrice della volontà.

Le esperienze del socialismo italiano costituiscono ahimè la piú lampante conferma di quanto sopra. I filosofi del materialismo storico lamentano la insufficiente preparazione teorica e filosofica e la scarsa consequenziarità dei socialisti italiani; e credono di ritrovare in ciò una delle cause della sconfitta. Io oserei lamentare il contrario. Troppa preoccupazione teoretica o pseudoteoretica, troppa cura di mettersi in regola coi «canoni» marxistici, troppa paura di mostrarsi empirici, risoluti e pragmatisti. Insopportabile alle volte, soprattutto nei periodi in cui s'imporrebbe l'azione e la rapida decisione, insopportabile quella falsa preoccupazione storicistica che ci viene da Marx e, ancor piú che da lui, da tutta la coorte marxista. Si teme sempre di essere antistorici, di uscire dalla grande rotta segnata sulle carte marxiste, di non aderire perfettamente alla fisionomia storica del proprio tempo. Storici quando si tratta di far della cronaca, cronisti quando si tratta di far della storia. Di qui analisi, studi, discussioni, lambiccamenti, per fissare con esattezza chimerica e scolastica lo «stato civile» del proprio tempo, diagnosi e prognosi dei fenomeni cui si assiste. Mentalità professorale, che non ha nulla a che fare con quella degli uomini d'azione che si propongono di attivamente collaborare al processo storico. In Italia la casa comune bruciava, le fiamme degli edifici operai arrossavano il cielo, e gli inquilini – i socialisti – si accapigliavano tra loro per stabilire se quello era proprio un incendio, da quali cause fosse originato, se rientrasse in questa o quella categoria, se fosse stato o meno previsto nei testi sacri, se fosse limitato all'Italia, ecc, ecc.

Nei periodi dinamici soprattutto ci si avvede quanto illusoria e fatale sia la pretesa di voler seguire il filo conduttore fornito dal materialismo storico. Una vera condanna all'impotenza. L'azione richiede tempestività, intuizione, adattamento, creazione. Il concreto processo storico, cosí come lo delineano i cultori del materialismo storico, è una storia non vissuta, una storia a posteriori, una storia da professori. La famosa bussola serve solo quando si è raggiunto il porto. Potrà rendere grandi servigi allo storico; ma è spesso inutile, e talvolta dannosa, al facitore di storia. I grossolani errori di previsione in cui incorse Marx nella applicazione del suo metodo, confermano quanto sopra.

Il materialismo storico ha troppo radicato nella mente dei piú la tesi che il processo storico sia un processo meccanico, composizione automatica di forze ben determinate, quantitativamente stimabili e non modificabili per azione volontaria dell'uomo. Ricordate Bernstein che ammonisce stare ormai il problema solo nell'assodare con precisione il rapporto quantitativo dei fattori, delle forze storiche preponderanti! L'atteggiamento di troppi socialisti eminenti di fronte al fenomeno fascista nascente, fu o buddistico o stoico. Essi allargarono le braccia desolatamente e si disposero al martirio, convinti che poco o nulla vi fosse da opporre all'avanzarsi del fato che avevano analizzato in tutti i suoi elementi componenti. Essi avevano già razionalmente giustificata la loro sconfitta, quando gli altri non si illudevano neppure di vincere. È tanto facile rassegnarsi alla sconfitta quando essa pare venire dalla «forza delle cose», dalla «immaturità di sviluppo capitalistico», dalla «fase di necessaria crescenza borghese», ecc. ecc. E quando queste formule reggono poco, allora serve egregiamente l'hegelianesimo di basso rango con la sua razionalizzazione del reale, di tutta la realtà, anche di quella realtà che, contraddicendo alla legge intima dello sviluppo storico, dovrebbe espellersi dalla... realtà.

Di nuovo torna opportuno il paragone col cattolico. Il credente colpito nell'affetto dei suoi cari attribuisce la prova anche la piú atroce a segreti motivi del Signore. Allo stesso modo parla il materialista storico che si inchina al Dio tenebroso del capitalismo.

Soprattutto grave è la costante sottovalutazione che i marxisti fanno delle ideologie e dei cosiddetti fattori «irrazionali» (le passioni). Basti riflettere al grado veramente notevole con cui il nazionalismo resiste alle necessità economiche. In tempi di bonaccia il danno di cotesta sottovalutazione è relativo; ma in tempi dinamici, di crisi o di rivoluzione, le conseguenze possono essere decisive. La vita politica si trova allora come in stato di incandescenza e si presta ad essere plasmata nei sensi piú contraddittori, appunto per il ruolo immenso che vi giuocano gli elementi «irrazionali». Al materialista storico ciò normalmente sfugge, talché finisce per giungere a un apprezzamento erratissimo delle forze in giuoco. Ciò si verificò in modo tipico agli inizi del movimento fascista. I primi nuclei fascisti non si può dire che si muovessero per esclusivo interesse o suggestione di classe, e neppure erano composti da soli borghesi. Erano gruppi di spostati, di allucinati, di idealisti (di criminali anche), in preda a un delirio patriottardo e romantico. Solo piú tardi essi diverranno strumento della reazione agrarioplutocratica. I materialisti storici (o presunti tali...), abituati a commerciare con l'uomotipo, il processo storicotipo, le cause prime e le grandi onde del moto storico; accostumati a considerare le idee come travestimenti degli interessi e rapporti di classi, non si resero conto della forza autonoma e potentissima che la passione, bella o brutta che fosse, destava negli animi dei loro rivali. Non intesero che nell'urto non è tanto il grado di consapevolezza critica che conta, quanto la spontaneità, la forza viva, la interna persuasione, lo spirito attivo di lotta e di sacrificio. Cosí avvenne che mentre da un lato si potenziava sino all'inverosimile la forza esplosiva del movimento fascista, dall'altro prevaleva nei dirigenti una mera capacità critica. Tra i lottatori e gli storici la partita non fu dubbia: vinsero i primi.

In conclusione, l'affidarsi che i socialisti fanno alla bussola storicomaterialista è una ingenua illusione e una contraddizione. Illusione, perché con essa, nella migliore delle ipotesi, si potrà tracciare una generalissima linea di sviluppo avente riguardo alla vita non di una ma di molte generazioni; e sempre la si dovrà accompagnare da fortissime riserve, non fosse altro perché nessuno è in grado di stabilire quali saranno i futuri sviluppi della tecnica, e quindi i caratteri del «sistema produttivo». Ogni previsione che noi faremo, essendo una mera proiezione nel futuro delle condizioni attuali, che certamente si modificheranno, è errata. Nel migliore dei casi il fedele lettore della bussola storicomaterialistica riuscirà a tracciare una rotta virtuale, non una rotta reale: quella rotta cioè che la società seguirebbe rebus sic stantibus, con questo grado di tecnica, di rapporti sociali, cultura, ideologia, sensibilità, ecc.. Quindi una previsione generica ed errata incapace di fornire serio aiuto nell'azione concreta.

E magari fosse sempre una proiezione del presente nel futuro! Che troppo spesso invece si tratta di una proiezione del passato nel futuro, di quel passato sulle cui esperienze Marx, ottanta anni fa, costruí il suo sistema e le sue previsioni.

Ma l'affidarsi alla bussola storicomaterialistica è per dei socialisti anche una contraddizione. Essi vorrebbero portare una coscienza tutta critica e razionale nel moto, e nel metodo che presiede al moto, e non nel fine. Il quale fine, il socialismo, postulano sentimentalmente e spesso in modo affatto dogmatico in base a un principio di fede. Se vogliono applicare una visione critica comincino coll'applicarla al fine, e poi al metodo. Scomodare tutta la filosofia per decidere questioni pratiche che l'empiria e il buon senso son chiamati a risolvere, salvo poi guardarsi bene dal conservare questa coscienza critica quando si tratti dei massimi problemi finalistici del socialismo, è un grottesco bello e buono.

Ma il colpo di grazia alle posizioni del socialismo marxista non è venuto peraltro dalla teoria. In teoria tutte le tesi, anche le meglio fondate, sono opinabili; e tutte le soluzioni possono riuscire accettabili. Quand'anche fossimo riusciti a dimostrare in modo categorico che il revisionismo ha rotto il legame logico tra socialismo e marxismo, vi sarà pur sempre chi, attraverso esegesi abili e sapienti, tenterà di sostenere il contrario. Ma la rude smentita è venuta invece dalla pratica, dalla progressiva erosione di due miti che stanno alla base di tutta la propaganda marxista e che ne hanno costituito la ragione massima di successo: 1) il comunismo imposto da una inderogabile necessità del sistema produttivo, conclusione fatale delle contraddizioni e delle crisi che minano l'organismo capitalistico; 2) il comunismo considerato come il solo assetto sociale capace di assicurare, per il suo razionale ordinamento produttivo e distributivo, un immenso aumento di produttività e di benessere, sottraendo l'umanità alla schiavitú dei bisogni materiali.

Il primo mito è stato fortemente intaccato dalle profonde trasformazioni subite dal capitalismo dai tempi di Marx ai giorni nostri. Il secondo dall'accumularsi di una serie grandiosa di esperienze operaie in sede economica e politica. La razionalizzazione capitalista, da un lato, e la esperienza russa dall'altro, non hanno fatto che accentuarne l'erosione.

Cominciamo dal primo.

Marx aveva fissato nelle sue opere una fase tipica dello sviluppo capitalistico: la fase anarchica ed esplosiva degli inizi, come si disegna in Inghilterra: con l'individualismo sfrenato, la libera concorrenza, il feroce sfruttamento della manodopera. In questa fase la produzione è terribilmente sregolata, il sistema di fabbrica funziona con sprechi e attriti enormi, a prezzo di sofferenze inenarrabili delle masse spogliate violentemente dei loro mestieri e strumenti di lavoro, ridotte al rango di merce, vittime delle crisi economiche ricorrenti e di una disoccupazione che appare una necessità funzionale del capitalismo.

L'errore di Marx fu di aver scambiato il prologo con l'intero svolgimento, di aver prolungato nel tempo fenomeni transitori, di aver fatto dell'immiserimento progressivo delle masse e della accumulazione della ricchezza in poche mani la «legge generale e assoluta» dell'accumulazione capitalistica, compromettendo l'intera sua concezione con] un apriorismo teoretico e con] lo schematismo dialettico caro agli hegeliani. Il capitalismo riuscí difatti a superare la posizione senza uscita a cui sembrava condannato. Il movimento operaio, la legislazione sociale, le infinite forme di intervento della società posero fine, nei paesi piú progrediti, agli abusi piú rivoltanti; il perfezionarsi della produzione e della mentalità capitalistica dimostrò che l'incremento del profitto chiedeva operai piú qualificati, meglio nutriti, meglio pagati, capaci, oltreché di produrre, anche di consumare le sempre piú gigantesche masse di prodotti che inondavano i mercati; le società per azioni democratizzarono, entro certi limiti, il capitale, e le coalizioni capitalistiche reagirono ai danni di una produzione affidata al capriccio del profitto e del criterio individuale. Dalla politica di astensione dello Stato in materia economica si passò, per gradi insensibili, a una politica di intervenzionismo intenso e progressivo: nazionalizzazione di servizi pubblici essenziali (ferrovie, poste, banche, assicurazioni, ecc.), controllo sui prezzi di molti generi (illuminazione, pane, acqua, alloggi, ecc.), controllo su mercati, corpi professionali, commercio estero, premi e sovvenzioni, espropriazioni per pubblica utilità, lavori pubblici, regolamentazione coattiva dei salari e delle condizioni di lavoro... fu tutto un fiorire di iniziative da parte degli enti pubblici di cui non si possiede una idea adeguata. Tipica l'esperienza dell'Inghilterra, Mecca del liberismo individualistico. Abbiamo là attualmente un servizio grandioso di opere sociali che assorbe quasi metà del bilancio, sussidi ai disoccupati e ai proprietari di miniere, tariffe doganali, fissazione di salari, ecc.; un complesso di imprese per 315 miliardi di lire, equivalenti a due terzi circa del capitale totale delle grandi imprese inglesi, fa parte ormai delle imprese nazionalizzate, seminazionalizzate o controllate dallo Stato.

Ma ancora piú caratteristico è il processo che ha condotto – nei piú importanti rami industriali – alla sostituzione delle imprese private individuali con le grandi aziende anonime, gigantesche coalizioni di capitali e di competenze, collegate tra loro da nessi orizzontali o verticali (trusts, cartelli, ecc.) su scala internazionale, costrette assai piú spesso di quanto non si creda a ricercare l'aumento del profitto nella riduzione dei costi attraverso la produzione in massa e il progresso vertiginoso dei metodi produttivi. In America soprattutto il processo di razionalizzazione economica ha assunto in questi ultimi anni un ritmo cosí accentuato da eliminare i peggiori effetti della concorrenza sfrenata e dell'atomismo, realizzando un livello altissimo di produttività.

Il vecchio argomento marxista contro gli sprechi colpevoli del capitalismo ha perduto, con questi progressi, buona parte della sua presa. La produttività raggiunta da molte imprese americane o germaniche è tale che difficilmente è concepibile possa superarsi con forme statali o collettivistiche di gestione. Si pensi ad esempio ad una socializzazione brusca dell'industria chimica tedesca. Il massimo sperabile da una socializzazione sarà di poter mantenere inalterato il livello della produzione e il ritmo del progresso. I salari operai beneficierebbero solo di quella parte del profitto che non viene reimpiegata nell'industria e che si dirige a consumi voluttuari.

Certamente questo processo di riorganizzazione cui è stata costretta la grande industria capitalistica conferma la acutezza di molte critiche marxistiche, e in genere di tutte le scuole riformatrici del secolo scorso, al regime anarchico della concorrenza, e rappresenta un notevole passo verso una produzione razionale non piú dominata dal cieco egoismo di una infima minoranza; ma appunto perciò è fatale che perdano in efficacia ed attualità le adusate requisitorie di Marx, al pari della sua concezione del moto socialista che da quella anarchia capitalista, dichiarata inguaribile, prendeva le mosse. Le stesse esperienze della guerra e del dopoguerra hanno capovolto le previsioni marxiste. La rivoluzione sociale è scoppiata nel paese piú arretrato, la Russia; mentre il paese piú progredito, gli Stati Uniti, superava la crisi col minimo di scosse. Altro esempio, l'Inghilterra: da dieci anni un decimo della sua popolazione lavoratrice è disoccupata. Fenomeno mostruoso, che ai tempi di Marx avrebbe provocato il caos sociale, o un tentativo di rivoluzione espropriatrice. Invece nulla di tutto ciò. L'alto tenore di vita della popolazione – cioè la emancipazione dal margine di sussistenza che Marx negava potesse effettuarsi – ha permesso all'Inghilterra di fronteggiare la crisi. Questo non toglie che il regime capitalistico riveli tuttora gravissimi inconvenienti e non solo dal lato economico: la guerra e le lotte di classe sono ombre fosche nel quadro. Ma bisogna abituarsi a considerare l'insieme del quadro, e non solo le ombre. Ora invece la mentalità dei marxisti è troppo dominata dal pregiudizio critico: essi inevitabilmente ricercano nel mondo moderno solo gli aspetti negativi che permettano di confermare il pessimismo di Marx. Si veda ad esempio la loro attitudine di fronte al fenomeno della razionalizzazione. Essi non si rendono conto che le forme veramente progredite del capitalismo tecnicizzato e razionalizzato non sono ormai molto lontane dalle forme che assumerebbe un socialismo applicato all'industria. Le differenze non stanno piú (come in Marx) nella sfera della produzione, ma in quella della distribuzione e della morale. La razionalizzazione capitalista contiene in sé molti elementi di quella socialista; le distanze, grandissime nello spirito e nelle intenzioni, si attenuano assai nei pratici risultati. Oggi è possibile concepire che il passaggio dall'una all'altra si compia con processo graduale e pacifico: con un processo che, salvando i pregi ormai assicurati dell'una, li rafforzi progressivamente coi pregi dell'altra. Ma perché il processo si compia occorre che i socialisti abbandonino la vecchia posizione aprioristicamente critica e prendano seria nota della nuova realtà capitalistica.

Per chi anela ad un compito costruttivo è un errore pericoloso l'ostinarsi a contrapporre una forma sociale pura, ideale (la società socialista) ad una forma tutta e solo applicata (la società capitalista attuale). Per definizione tutte le forme pure sono superiori alle applicate. In teoria anche il liberismo assoluto – la armonia newtoniana degli egoismi individuali, celebrata da Bentham – è capace di assicurare il maximum di benessere collettivo. Bisogna passare dalla teoria alla realtà e rassegnarsi alle inevitabili delusioni. La vita è ricolma di attriti e di incognite, e non produce che valori relativi.

La forma sociale ideale cui si riferiscono i socialisti marxisti scaturí per contraccolpo critico e sentimentale dalle analisi delle deficienze e delle miserie morali e materiali di una fase superata del capitalismo nei paesi piú progrediti. Nella misura in cui il capitalismo ha risolto i problemi e le contraddizioni segnalate da Marx, o ha realizzato postulati della scuola socialista, la critica marxista è superata. Cento anni fa il quadro di una produzione razionalizzata, sottratta al capriccio degli egoismi individuali, era altamente suggestivo. Oggi, di fronte alla razionalizzazione delle grandi industrie capitalistiche, il fascino è immensamente diminuito; e solo l'affezione a vecchi luoghi comuni e la ignoranza della nuova realtà economica può conservarlo agli occhi dei socialisti europei.

In una discussione tra Marx e un filatore di cotoni del Lancashire o un produttore di caldaie di Birmingham, Marx avrebbe riportato indubbiamente la palma. Nonostante le esagerazioni, lui e non il suo avversario precorreva i tempi ed era sulla linea del progresso economico. Ma immaginate oggi un marxista ortodosso alle prese con Ford e sentirete come tutte le sue rivendicazioni e requisitorie nell'ordine produttivo si spuntino contro le realizzazioni di Ford. Il marxista si trova infatti costretto a spostare la sua requisitoria sul piano dei fattori morali, a rivendicare, contro la spaventosa uniformità e la disciplina livellatrice di una produzione standardizzata, i valori qualitativi, i fattori morali, i diritti all'autonomia e alla intelligenza degli operai; a farsi, in una parola, liberale, a risuscitare le vecchie formule del socialismo utopista e della rivolta libertaria. L'ironia della storia non ha mai fine...!

La grande debolezza dei socialisti contemporanei consiste appunto nel restare tetragoni all'evoluzione della realtà, nel riferirsi sempre, anche nella illustrazione della loro forma ideale di società, ad elementi di fatto superati, nell'impiegare vecchie e consunte argomentazioni che hanno ben scarsa presa sulla realtà della vita economica moderna. Bisogna si convincano che i vecchi latinetti sulla superiorità indiscutibile di una produzione sottratta allo stimolo del profitto non bastano piú. Bisogna che scendano all'analisi dettagliata e adeguino le soluzioni ai problemi, gli ideali ai fatti. Bisogna infine che prendano atto delle infinite esperienze operaie che si sono compiute in questi decenni, e soprattutto della esperienza russa.

In Russia, dodici anni dopo la rivoluzione, si è raggiunto a malapena il livello di produzione prebellica nell'industria; mentre in agricoltura la produzione vi resta ancora inferiore. Anche nelle aziende industriali meglio organizzate siamo lontanissimi dai livelli di produttività e di retribuzione delle corrispondenti aziende nei paesi capitalistici. La psiche operaia non è certo mutata – per confessione stessa dei Soviet – con la rapidità desiderata e prevista, tanto che dopo un primo periodo di rigida applicazione delle formule comunistiche, si è stati costretti a ristabilire buona parte del vecchio meccanismo disciplinare, con le conseguenti differenziazioni gerarchiche e salariali. Ci si è dovuti convincere, insomma, che la previsione ottimista dei vecchi socialisti potrebbe avverarsi solo se la sua realizzazione dipendesse dall'opera di quelle esigue minoranze nelle quali la trasformazione delle aziende da private in sociali determina il sorgere di uno squisito senso di responsabilità, di quel senso che gli anglosassoni chiamano del «servizio sociale». Ma le sorti della produzione dipendono invece dal livello medio di sensibilità e capacità delle grandi masse: livello che si modifica con estrema lentezza, attraverso una profonda e diuturna opera di educazione. Del che d'altronde fanno riprova le molteplici interessantissime esperienze italiane in materia di cooperazione rurale. Per dieci esperimenti fortunati, dieci almeno fallirono. E i dieci che riuscirono, riuscirono per meravigliosa abnegazione di dirigenti, attraverso sforzi e sacrifici di decenni, ai quali tutta indistintamente la massa fu chiamata a partecipare.

Dopo la esperienza russa non è piú permesso a un socialista di considerare la razionalizzazione socialista con gli occhi ingenui ed utopisti di un tempo. Essa chiaramente rivela – anche indipendentemente dalla dittatura – quale enorme peso vi abbiano gli elementi politici e psicologici. Il piano quinquennale russo è dominato dal criterio tutto politico di favorire l'industria, e con l'industria lo sviluppo del proletariato, nerbo del regime, a danno dell'agricoltura e della immensa maggioranza della popolazione. I prezzi dei prodotti industriali sono fissati a un livello artificiosamente superiore a quelli agricoli, cosí da grandemente ridurre la capacità d'acquisto dei ceti rurali. La stessa ripartizione delle risorse è fatta con criteri politici, in vista di uno sviluppo dell'industria pesante e delle risorse di materie prime. Mai piú deliberatamente si sacrificarono gli evidenti interessi dell'economia a un dogma politico; e mai piú artificiosamente si costruí un conflitto che ha bene il diritto di chiamarsi di classi. Il contadino non è piú sfruttato dal grande proprietario terriero, a cui doveva consegnare una parte del raccolto; ma oggi quella parte del raccolto la deve consegnare ai rappresentanti dello Stato e dei ceti urbani, sotto forma di una brutale riduzione del suo potere d'acquisto.

Dalla esperienza russa – esperienza comunque fondamentale per la storia del socialismo mondiale – sgorga una grande lezione che nessuno potrà contestare: e cioè che una rivoluzione violenta e uno sconvolgimento subitaneo dell'intero sistema produttivo, se consente apparentemente di riedificare ex novo l'organizzazione produttiva in base a un principio razionale, porta di conseguenza una tremenda crisi, tanto piú tremenda quanto piú sviluppato e perfezionato è il meccanismo finanziario e industriale, che impone sacrifici e sofferenze senza nome alla generazione rivoluzionaria. Il Paradiso è vietato alla generazione rivoluzionaria. Essa lavorerà e si sacrificherà per i figli. Ma – e qui sta il punto cruciale – la massa proletaria in Russia è andata incontro ai sacrifici coscientemente? Quando gli operai conquistarono le officine intuivano che cosa li avrebbe attesi? E se lo avessero intuito, se avessero avuto dinanzi ai loro occhi – come hanno invece oggi gli altri proletariati dopo la loro esperienza – il quadro inenarrabile delle sofferenze avvenire avrebbero sostenuto attivamente il movimento rivoluzionario, il partito della socializzazione integrale e subitanea? Per rispondere sí, bisogna ammettere che la classe operaia russa fosse dotata di una sublime forza morale, di una eroica volontà di immolazione – propria in genere solo di pochi spiriti privilegiati –, avesse insomma aderito ad una concezione della vita risolutamente antitetica a quella che instilla il marxismo. Il che torna a dire che dopo l'esperienza russa non sarà piú consentito ai facili propagandisti della rivoluzione di muovere e commuovere le masse con la visione del paradiso comunista a portata di mano. Dovranno ripetere il proclama di Garibaldi innanzi Aspromonte – io vi prometto fame, dolori, morte – e, abbandonando la vecchia piattaforma marxista, fare appello prima e soprattutto alle idealità morali.

Capitolo V: il superamento del marxismo

Il titolo del capitolo non deve trarre in inganno.

Quando noi diciamo che Marx è superato non intendiamo davvero dire con questo che nulla rimanga di vivo e di vitale del suo pensiero. Al contrario. Nessuno può sognarsi di patrocinare un totale quanto assurdo rinnegamento di Marx, per un ritorno all'utopismo, o a correnti solidaristiche, o a teorie storiografiche, giustamente obliate per il loro formalismo. L'esperienza secolare del moto proletario non si cancella. Il figlio si emancipa, ma non può rinnegare il proprio padre. I socialisti moderni sono figli di Marx, anche se oggi si rifiutano di ricevere la sua eredità senza un larghissimo beneficio d'inventario.

Dirò di piú e cioè che non si concepisce oggi un uomo moderno, dotato cioè del senso vivo dei problemi del suo tempo – che non sia, entro certi limiti, marxista; che non abbia fatte proprie, sangue del suo sangue, tutto un insieme di verità che, se al tempo di Marx potevano apparire giustamente rivoluzionatrici, sono oggi quasi banali tanto sono acquisite alla scienza e coscienza moderna. Cosí la importanza preminente riconosciuta alle forze economiche e, tra queste, alle forze di produzione e loro organamento; gli stretti legami esistenti tra sistema produttivo e rapporti sociali, e conseguente loro relatività storica; lo sviluppo organico del modo di produzione e la impossibilità di saltare fasi essenziali dello sviluppo economico; il progressivo prevalere del macchinismo e dell'industrialismo; la realtà delle lotte di classe, la parte che queste lotte hanno avuto per il passato, l'avanzarsi del proletariato per effetto dello sviluppo capitalistico e la preminenza del contrasto tra capitalisti e proletari, il frequente modellarsi delle ideologie sulla base degli interessi di classe o di ceto, ecc.

In fondo il piú vero trionfo di Marx sta proprio qui: nell'aver permeato del suo pensiero, del suo prepotente realismo tutta quanta la scienza sociale moderna; di contare tra i suoi scolari i suoi stessi piú acerrimi avversari, di veder trattati come luoghi comuni molte delle sue intuizioni divinatrici. Fatte le debite proporzioni, si può dire che egli occupi nella scienza sociale il posto di Kant nella filosofia. Come dopo Kant, cosí dopo Marx talune posizioni sono superate per sempre e l'indirizzo degli studi subisce una svolta decisiva. Ma c'è piú uno storico che possa scrivere di storia senza tener sempre presenti e le forme della produzione, e il grado della tecnica, e i rapporti economici, e la struttura della classe; cioè senza rintracciare, oltre gli aspetti politici, morali, religiosi, quella che Marx chiamava la struttura economica? E c'è piú un politico che possa prescindere dalla sua visione realistica e dialettica della vita sociale, e veramente illudersi di chiudere, col sussidio di declamazioni solidaristiche e di repressioni poliziesche, le cateratte della lotta o delle lotte di classe? Anche la reazione antiproletaria, oggi, si fa nello spirito di Marx, cioè con una ben piú perfetta conoscenza delle forze che si vogliono incatenare. E la polemica politica è ancor oggi intessuta per tre quarti intorno a posizioni che del pensiero di Marx recano il potente suggello. Ma, ecco il punto, queste verità, appunto perché verità, non possono piú dirsi monopolio socialista, e ancor meno possono valere a caratterizzare il moto socialista e a indirizzarlo. Sono verità, e come tali non sono né borghesi né proletarie.

<Il problema vero per i socialisti non consiste dunque nel rinnegare Marx, ma nell'emanciparsene. Accettare ciò che è vitale: respingere, apertamente, definitivamente, quanto nel marxismo v'ha di erroneo, di utopistico, di contingente. Il richiamarsi, che ancora tanti socialisti fanno, a Marx, come al faro supremo che dovrà guidarli, sæcula sæculorum, lungo la travagliata rotta negli oceani della storia, è supremamente equivoco ed anacronistico: perché, se intendono richiamarsi agli aspetti piú

propriamente tatticopolitici, cioè alla sua specifica teoria del moto e dell'avvento socialista, non fanno che richiamarsi agli errori già confutati da trent'anni di critica e, piú che di critica, di prassi socialista; e se intendono invece richiamarsi alla sua teoria centrale del materialismo storico, si richiamano ad una posizione che non è piú specificatamente socialista, o, per lo meno, ad una posizione che, per la sua genericità, non è piú in grado di fornire una guida precisa nell'azione concreta.> Marx per primo riderebbe di questa buffa pretesa degli epigoni suoi di voler arrestare la storia della dottrina sociale in genere, e socialista in specie, ai parti del suo cervello: <egli, che negava anche a Mosè e a Giosuè gli «arresti» piú sensazionali della storia;> egli, che forní l'esempio piú tipico di ribellione contro le posizioni tradizionali, acquisite, del suo tempo. L'esempio di Marx giovinetto, ecco la migliore difesa contro coloro che ci accuseranno di lesa patria marxista. È proprio a lui, alla sua prosa corrosiva, alla sua feroce intransigenza, che si deve il disprezzo tuttora imperante per tutte le correnti socialiste non marxiste <e quel sistema cosí settario e violento di combatterle che cosí bene hanno ereditato i comunisti. Nessuno, mai, fu piú crudele, dimentico, ingiusto di lui.> Dopo aver pescato a larghe mani nei suoi predecessori e nei suoi rivali, non esitò, pur di imporre il suo deciso superamento, ad ingigantire le antitesi, a raddoppiare in violenza polemica, affinché in un deserto colmo solo di macerie, meglio sovrastasse in tutto il suo splendore il suo scientifico edificio.

<Che tutto ciò sia umano è comprensibile; che, in fin dei conti, in un uomo del suo genio questo orgoglio prepotente ed esclusivo sia stato magari utile, è possibile ammettere; ma che proprio s'abbiano a prendere ancora per oro colato tutte le sue fantasie e bizze e ripicchi e incomprensioni di polemista malizioso, è stupefacente. In Europa, per fortuna, non tarda a disegnarsi una reazione; e l'amore per Marx non è piú un amore cieco e va anzi trasformandosi in un lento ma inesorabile distacco. Ma in Italia l'adorazione per lui, almeno sino a pochi anni or sono, faceva il paio con quella per la Vergine di Pompei o la reliquia di san Gennaro; né mancava chi pretendeva che l'ampollina marxista avesse a bollire eternamente, in ogni caso ed occasione, quando dentro ormai c'era rimasto ben poco di bollibile... Quanti giovani ho io conosciuto che senza conoscere l'abc dell'economia politica si perdevano ancora nei garbugli della teoria del valore; o che allo studio della realtà attuale preferivano l'esegesi sottile degli infiniti e contraddittori passi dell'opera marxista o che tutto il loro studio ponevano nell'ereditare non il suo spirito ma il suo stile, fatto di opposizioni saisissantes e di giudizi tranchants... Ma ciò, speriamolo, appartiene ormai al passato.

Concludendo: il Marx socialista è un Marx confutato nella teoria e progressivamente abbandonato nella pratica; esso appartiene a una fase certo essenziale ma oltrepassata nella storia del movimento socialista.> Il suo pensiero costituisce uno dei filoni – forse il piú prezioso – del sottosuolo intellettuale socialista; e sui suoi dati ci sarà sempre chi continuerà a costruire; ma non può piú aspirare a quella posizione esclusiva e monopolistica che lo contraddistinse sino ai giorni nostri. Egli ha fatto fare al moto socialista il primo gigantesco passo, avviandolo sulla strada maestra della politica, fornendogli la piattaforma di partenza, additandogli la materia prima, gli strumenti e la tattica essenziali. Il triplice denominatore tattico dei partiti socialisti – lotta di classe, autoemancipazione proletaria, conquista del potere politico – Marx piú d'ogni altro agitatore contribuí a diffonderlo. Ma la sua resta pur sempre una posizione di partenza: richiamarsi ancor oggi a lui è avvolgersi in un cerchio chiuso, arrestando il processo storico a uno stadio superato. Il marxismo fu la pedagogia elementare del proletariato, la dottrina appropriata per la sua infanzia tormentata, quando il porro unum et necessarium consisteva nel risveglio delle masse abbrutite e derelitte. Indubbiamente esso rispondeva in modo mirabile a quelle esigenze preliminari. L'edonismo, il materialismo, l'utopismo che tutto lo penetrano, riflettevano esattamente lo stato materiale e mentale delle masse. Nessun tentativo di forzare l'angusto ambito in cui la vita della massa era costretta; nessuno sforzo di spalancarle piú vasto e adeguato orizzonte spirituale; ma, al contrario, assunzione in pieno della forma mentale proletaria, teorizzazione ed estensione all'universale degli interessi e degli stati d'animo proletari, linguaggio visuale sensibilità proletari. Le due faccie dell'animo vergine e ribelle delle folle – indistinta religiosità e appetiti materiali – trovavano pieno riconoscimento nella dottrina. Da un lato una visione mitica, apocalittica, col balenio di una società felice e ricca, senza lotte e senza storia. Dall'altro un brutale realismo di premesse, una critica spietatamente negativa di un mondo già segnato dal fato. Elementi tutti che concorrevano ad accrescere il senso dell'oppressione e quindi della ribellione. Sappiamo, sí, che nella mente dei dioscuri la sollevazione proletaria acquistava un valore altissimo e simbolico, talché essi usavano parlare negli anni giovanili di un proletariato erede della filosofia classica tedesca, cioè di un proletariato che nel suo moto di emancipazione avrebbe progressivamente realizzata l'idea di libertà. Ma questa loro posizione era comprensibile solo a piccole minoranze di iniziati, non mai alle masse.

Dileggiando tutte le categorie dell'etica, sconoscendo i problemi della coscienza, rinviando i problemi di educazione all'indomani della rivoluzione (cioè della trasformazione ambientale), negando financo un principio di libertà, il marxismo precludeva alle masse ogni slancio idealistico, ogni sforzo di perfezionamento interiore, ogni capacità di intuire in un ordine piú elevato il vaticinato paradiso.

Coloro che si ostinano a contestare il carattere intrinsecamente materialistico, deterministico, edonistico del marxismo, e si dànno a ogni sorta di sforzi interpretativi per dimostrarci che l'umanismo marxista lascia posto ad una valutazione etica, bisogna bene riconoscano che per lo meno nella propaganda la posizione marxista corre fatalmente alla degenerazione: l'inevitabile equivoco che si stabilisce tra propagandista e propagandati fa sí che questi ultimi, nonostante tutte le riserve e gli avvertimenti, valorizzino, nel corpus dottrinario marxista, soprattutto gli aspetti piú volgari, unilaterali ed erronei che piú facilmente si riconnettono alla loro sensibilità inferiorizzata; cioè quelle famose «scorie» (determinismo economico, catastrofismo, teoria del plusvalore) che i revisionisti invano si sforzano di eliminare. Basta avere assistito a conferenze di propaganda marxista per comprendere qual sorte sia riserbata ad esempio al meschino che si proponga di spicciolare una concezione cosí cerebrale e complessa come la teoria della prassi che si rovescia. Io vi assistetti e ne rimasi erudito. Ora è chiaro che il marxismo che a noi veramente interessa, non è il marxismo piú o meno puro di una eletta di iniziati, ma quello spurio dei gregari. Ciò che conta, in ultima analisi, è quel tanto di verità, di stimoli, di idealità, che si riesce, con l'ausilio di una dottrina, a far giungere a una massa. Il marxismo non è la dottrina della contemplazione platonica. È la dottrina del moto proletario. E, come tale, deve far fronte alla psicologia, ai bisogni, e alle deficienze proletarie. Che importa a me, dopo tutto, che le quattordici glosse al Feuerbach o la Critica alla filosofia del diritto di Hegel siano l'antitesi della posizione meramente materialistica e fatalistica e schiudano l'orizzonte del filosofo ai piú aurei campi della speculazione? Che importa? Le masse leggono e intendono il Manifesto, non le glosse. E il Manifesto si spiega da sé, senza tanti commenti. E chi infine cercasse di presentare il Manifesto attraverso la mediazione delle glosse, compirebbe opera vana. Marx depennato del catastrofismo, del determinismo, del profetismo, non è piú mezzo di propaganda, ma oggetto di studio. Il Manifesto seduce cento volte di piú le masse di tutti i libri esegetici ed equilibristici dei marxisti revisionisti, in cui a forza di dialettica delle cose, di praxis capovolgentesi, di naturalismo antropologico – concezioni intravasabili, impropagandabili, generiche, incerte – il bel mito a portata di mano si dissipa come neve d'agosto...

Insomma il marxismo non è piú ai giorni nostri una forza benefica. Fu un tempo l'unica leva efficiente per sottrarre la povera gente al suo passivismo e incanalarla in un civile organico moto di liberazione. Ma oggi la sua influenza si è fatta deviatrice e diseducatrice. Deviatrice, perché aggancia le fantasie e i cervelli ad una realtà di fatto superata; diseducatrice, perché fa appello ad una concezione volgare della vita, a moventi d'ordine inferiore – tipici di masse cui sia ancora preclusa ogni luce spirituale – in antitesi assoluta a quelli che una società socialista presuppone.

Evocato il demone utilitario, non riesce a scacciarlo: piú se ne vale e piú schiavo si fa. Il demone corrompe i proletari, annulla gli sforzi liberatori, imborghesisce – nel senso peggiore della parola – il movimento imprigionandolo progressivamente nelle posizioni avversarie.

Henry De Man, nel suo celebre libro Au delà du marxisme ha dato di questa nemesi un quadro che non potrebbe essere piú suggestivo e potente.

In verità si potrebbe applicare alla ideologia marxista il suo principio della praxis che si rovescia. Anche essa ideologia, un tempo elemento di propulsione, si è andata trasformando in ostacolo e in freno.

La filosofia marxista – proclama De Man – non è che il risultato dello stato sociale proletario, l'indice della sua inferiorità e della sua soggezione allo spirito del capitalismo. L'etica marxista <– in realtà inesistente, ché di etica ve n'è una sola, senza aggettivi: l'etica di Socrate, di Cristo e di Kant –> non è che l'etica liberale (utilitaristica) fondata sull'homo oeconomicus. La religione mascherata del cinismo e del materialismo proletario non è che un capitalismo di segno contrario. I marxisti non hanno mai capito che il rafforzamento del movente economico, cui conduce fatalmente la loro dottrina, se dapprima ha risposto pienamente al suo ufficio, oggi impedisce la costruzione di una civiltà nuova e porta il movimento alla corruzione. In troppi casi la élite operaia socialista, sotto l'influsso del materialismo marxista, anziché esser l'annunciatrice di una civiltà nuova, di nuovi valori culturali, corre il rischio di trasformarsi in una nuova borghesia in potenza, assai in ritardo, quanto a gusti intellettuali, al grosso dell'esercito borghese.

Non voglio dire che a questo risultato ci abbia condotti solo e solamente l'ideologia marxista. Prima dell'ideologia sta la bestia uomo, proletaria o borghese che sia, col suo bagaglio triste di debolezze e di miserie. Ma certo la dottrina marxista, via via che il moto socialista passava dalla fase ingenua, utopistica, negativa a quella positiva e realizzatrice, anziché aiutare il proletariato ad innalzarsi spiritualmente e a sprigionare dei valori originali e puri, lo ha rattenuto, impedito, fornendo al suo istintivo grossolano materialismo, un alibi razionale di straordinaria suggestione.

Conclusione di questo discorso? È semplice. Il socialismo deve correggere, pena la paralisi, la sua piattaforma nazionale, materiale, determinista, economicistica. Deve tornare alle origini e ridiscendere nel cuore delle masse e abbeverarsi di nuovo a quella che è la linfa vitale del movimento. Gradualista o rivoluzionario che sia – ha bisogno di una integrazione etica, di una impostazione volontaristica. Ha parlato sinora quasi esclusivamente di interessi, di diritti, di benessere materiale. Deve ora parlare piú spesso di idealità, di doveri, di sacrifici. Si è troppo divinizzato il proletariato, facendone il rappresentante di tutte le piú pure virtú; e troppo semplicisticamente si sono fatte risalire tutte le sue deficienze e miserie alla malvagia organizzazione sociale. L'uomo allo «stato di natura» di Rousseau è diventato, nel secolo XIX, il «popolo» di Mazzini e il «proletariato» di Marx. Il «proletariato» è assurto al rango di categoria filosofica; la Storia è diventata un epico poema in cui l'eroe proletario abbatte il mostro borghese; i proletari sono apparsi tutti naturalmente buoni e giusti, corrotti solo dall'ambiente e dalle ingiustizie sociali. Ragionando per astrazione si è perso il contatto con l'umanità concreta, coi viventi proletari. Accanto alla organizzazione sociale – senza dubbio grandemente responsabile – si è dimenticato che la imperfezione, limitatezza, debolezza del proletario, prima e indipendentemente da ogni stato sociale o divisione di classe, deriva dalla sua qualità di uomo. L'homo homini lupus ha radici ben piú profonde di quel che non supponga l'ingenua psicologia marxista ignorante tutti i problemi di coscienza e di educazione morale. Illusione che lo si possa vincere sul solo piano esteriore, con riforme puramente ambientali. Il marxismo, facendo delle formule deterministiche – che voglion l'uomo in funzione dell'ambiente – la base di tutta la sua propaganda, ha finito per non vedere che il problema dei mezzi e delle trasformazioni materiali, e ha cosí troppo spesso scambiato i mezzi coi fini, compromettendo o annebbiando quello che è l'autentico finalismo socialista. Da cinquant'anni in qua tutto il socialismo sembra risolversi nel dogma socializzatore. Tanto di socializzazione e tanto di spirito socialista. Non si vuole ammettere il dubbio che possa darsi socializzazione senza che necessariamente ne segua la trasformazione psichica e morale. Eppure non v'è piú socialista e anche comunista che seriamente pensi alla possibilità di una integrale soppressione della proprietà privata nell'ordine della produzione. Ma tant'è, si continua a ripetere la formula mitica quasi contenga in sé racchiuso l'ideale supremo.

Come per il fine, anche per il mezzo. Come il socialismo si è risolto nella socializzazione, cosí il moto socialista si risolve troppo facilmente nel principio della lotta di classe, in cui si sostanzierebbe, secondo taluni, tutto il processo di emancipazione proletaria. Anche qui si è scambiato un principio tattico di indubbio valore pedagogico e strumentale con l'essenza del moto che sta in qualcosa di piú profondo e positivo che non sia l'opposizione, la lotta, sia pur consapevole. Si è rinserrato il piú gran moto di massa della storia entro il quadro limitato di una breve esperienza storica eternandone i dati e motivi contingenti; e non ci si è avvisti che il gran fiume plebeo, nel suo avanzare verso la foce arricchito da sempre nuove correnti, non è piú in grado di scorrere negli angusti limiti del letto antico.

Occorre, insomma, una riaffermazione libera, alta e schietta della essenza della idealità socialista, fuori da ogni pregiudizio di scuola e di metodo. Il socialismo non è né la socializzazione, né il proletariato al potere e neppure la materiale eguaglianza. Il socialismo, colto nel suo aspetto essenziale, è l'attuazione progressiva della idea di libertà e di giustizia tra gli uomini: idea innata che giace, piú o meno sepolta dalle incrostazioni dei secoli, al fondo d'ogni essere umano; sforzo progressivo di assicurare a tutti gli umani una eguale possibilità di vivere la vita che solo è degna di questo nome, sottraendoli alla schiavitú della materia e dei materiali bisogni che oggi ancora domina il maggior numero; possibilità di svolgere liberamente la loro personalità, in una continua lotta di perfezionamento contro gli istinti primitivi e bestiali e contro le corruzioni di una civiltà troppo preda al demonio del successo e del denaro.

Ma – si dirà – tutto ciò non è socialismo. Il socialismo vuole l'abolizione delle classi e l'uguaglianza economica. Qui invece, per superare il marxismo, si scivola nel vago, si riesumano delle posizioni estrose, non si fissa che una sola cosa: delle tendenze.

Non abbiamo nessuna difficoltà ad ammettere che la posizione sopra illustrata non permette piú la fede ingenua come quella nelle invariabili repubbliche o città del sole. L'adepto di questo finalismo categorico e utopistico non può che escludersi dal seno del socialismo. Ma si scomunicherebbe soltanto qualche infelice non conformista, o non piuttosto tutto il socialismo? Perché questa è la domanda che si pone. Se invece di affidarci a una definizione astratta del socialismo, ci sforziamo di giungervi per induzione sulla scorta di un secolo di esperienze, a quale definizione arriveremo? Se invece del socialismo analizziamo i partiti socialisti concreti, le organizzazioni concrete, le esigenze e gli stimoli effettivi delle masse, la mentalità dei capi politici e sindacalisti, siamo ben sicuri di poterci riallacciare alla definizione classica del socialismo? A mio avviso la domanda porta in sé la risposta. Il semplicismo utopistico dei partiti è proporzionale al livello di educazione delle masse. Le masse non potevano destarsi che in virtú di una propaganda estremamente elementare. Ma, attualmente, una gran parte delle masse, almeno in Germania, in Francia e in Inghilterra, si trova in condizioni di potere aderire a una concezione meno primitiva della lotta politica.

I comunisti sono oggi ciò che erano i socialisti cinquant'anni fa, con questa differenza: allora la massa era ineducata ed estremamente miserabile, mentre oggi solo una parte lo è ancora.

Nella misura in cui il progresso economico e l'educazione politica di questa parte, ancora notevole, potranno realizzarsi, il movimento comunista perderà di forza, e il movimento socialista potrà liberarsi dai suoi residui utopistici.]

Anche per i socialisti, l'ultimo e solo fine appare l'uomo, l'individuo concreto, cellula prima e fondamentale; ovvero la società, ma solo in quanto con questo nome si designi un aggregato di individualità e si abbia riguardo al maggior numero. Ché la società in quanto organizzazione, è mezzo a fine, è strumento al servizio degli uomini, e non di entità metafisiche, siano esse la Patria, o il Comunismo. Non esistono fini della società che non siano, al tempo stesso, fini dell'individuo, in quanto personalità morale; anzi questi fini non hanno vita se non quando siano profondamente vissuti nell'intimo delle coscienze. La giustizia, la morale, il diritto, la libertà non si realizzano se non per quel tanto che si realizzano nelle singole individualità. Uno Stato giusto non è quello le cui leggi si ispirano a un astratto criterio di giustizia, ma quello in cui i suoi componenti si ispirano nella loro attività concreta a una regola di giustizia. Uno Stato libero vuole prima e soprattutto uomini liberi. E uno Stato socialista spiriti socialisti. Io non esito a dichiarare che la rivoluzione socialista sarà tale, in ultima analisi, solo in quanto la trasformazione della organizzazione sociale si accompagnerà ad una rivoluzione morale, cioè alla conquista, perpetuamente rinnovantesi, di una umanità qualitativamente migliore, piú buona, piú giusta, piú spirituale.

Il problema che confronta tutti i moti riformatori è proprio tutto in questa alternativa: trasformazione delle cose o delle coscienze? Il marxismo che, per la sua visione edonistica e deterministica, ha sempre posto in primo piano il problema del mezzo, risponde categoricamente: trasformazione delle cose, trasformazione dell'assetto produttivo e distributivo. Del fine ultimo quasi si disinteressa. Il suo storicismo combinato col suo utopismo gli fanno teorizzare il mezzo – la socializzazione – e dispregiare il fine: l'umanità. I problemi di educazione e di cultura li rimanda tutti a potere conquistato, a trasformazione avvenuta. Perché allora solo comincerà la vera storia, allora solo si verificherà il famoso passaggio «dal regno della necessità a quello della libertà», e gli uomini diventeranno padroni della loro storia, che non sarà piú storia ma stasi. Prima non v'è che il problema della lotta e del riscatto, l'educazione del combattente.

Niente di piú utopistico e meccanico di questo improvviso rovesciarsi di posizione filosofica che si spiega solo col carattere messianico del profetismo marxista. Ma noi che coi problemi della trasformazione d'ordine materiale ci troviamo confrontati, noi che vediamo la trasformazione, sia pur lentamente, svolgersi sotto gli occhi nostri, noi non possiamo piú aderire a questa soluzione negativa e semplicista e sentiamo tutto il tormento e la attualità dei problemi di moralità e di coltura. La trasformazione delle cose deve procedere di pari passo con quella delle coscienze; ché ben poco valgono le conquiste materiali, soprattutto quando impongono responsabilità nuove e gravi ai vittoriosi, senza una adeguata preparazione spirituale.

In questa reazione al marxismo tutto sta, come è evidente, a non oltrepassare il giusto segno; a non cadere a nostra volta nelle esagerazioni etiche degli utopisti e dei socialisti cristiani – spesso inconsapevoli alleati dei ceti reazionari – che annullarono ogni differenza tra fine e mezzo col ridurre tutta la questione sociale ad un problema morale. Occorre trovare il giusto mezzo, la fusione tra i due punti di vista, l'equilibrio armonico tra fine e mezzo. Accettiamo la realistica critica marxista della società capitalista, con le riserve che le sopravvenute trasformazioni ci impongono; ma non dividiamo il suo finalismo e affermiamo la necessità di una integrazione morale che corregga le degenerazioni cui conduce un attaccamento troppo assoluto al canone della lotta di classe.

Se in sede politica – o tecnica – il problema della distinzione tra mezzo e fine è essenziale, e anzi il successo di ogni movimento dipende dalla esatta scelta dei mezzi, in sede morale la distinzione non ha ragione di essere posta, dappoiché il mezzo si confonde col fine. Il mezzo non solo deve essere conveniente al fine (problema tecnico), ma esserne penetrato. Questo principio, che è l'abc dell'idealismo, fu svolto con somma maestria dal Lassalle e, oggi, dal De Man. Esso porta di conseguenza a riconoscere che il principio della lotta di classe – nel quale, secondo molti socialisti moderni, starebbe tutto il moto socialista – non è di per sé sufficiente a dare una intuizione del fine; specie quando predicato in forma troppo assoluta. La universalità del fine, ecco ciò che assicura del valore etico. Ora la rigida contrapposizione di classe può da sola dare ai proletari l'intuizione del valore universale, etico, del socialismo? È per lo meno dubbio. Per le masse, non accostumate a queste proiezioni nei cieli della filosofia, è probabile che il linguaggio strettamente classistico determini un abbassamento, una contaminazione del fine. Il concetto di classe sorge in loro piú da una comunanza di interessi e di destino, che di ideali. La classe è, nel fatto, qualche cosa di palpabile, di distinguibile dalla umanità tutta quanta. Difficile per chi ne fa parte e partecipa alle sofferenze connesse alla sua appartenenza, idealizzare la classe sino a comprendervi, in uno slancio idealistico, l'umanità intera. È interessante a questo proposito notare come i laburisti si siano sempre rifiutati di fare della lotta di classe quel punto programmatico assoluto che invece tipicamente contraddistingue i partiti socialisti continentali. Essi non fanno attore il solo proletariato, ma la società, che tutta e in tutte le sue parti si sforzano di trasformare. E ciò tanto piú facilmente perché il concetto della separazione di classe non è e non può essere, tra gli inglesi, cosí assoluto come da noi, per il sussistere di un patrimonio religioso e morale comune tra uomini di classi diverse.

Il De Man va cosí oltre nella sua dimostrazione, da negare addirittura l'importanza del fine ultimo, in sé considerato; o da riconoscergliela solo per quel tanto che esso fine riesce a vivere attualmente. «È il movente presente, e non il fine futuro – egli scrive – il solo decisivo. Ciò non implica nessuna negazione del fine finale; perché questo, per quel tanto di valore che ha, è rappresentato allo stato di motivo nel movente attuale; ora esso, in questo caso, non vale se non quello che valgono le azioni che esso determina. Io sono socialista – egli conclude – non davvero perché creda a una visione socialista dell'avvenire piuttosto che a quella di un qualunque altro ideale, ma perché sono convinto che il mobile socialista rende gli uomini piú felici e migliori». Egli esce a questo punto in una meravigliosa sentenza: «L'uomo non può calmare la sua nostalgia piú profonda, la vittoria sul tempo, che trasformando i suoi fini futuri in mobili attuali incorporando cosí un frammento dell'avvenire nel presente».

Proprio cosí. De Man ha detto bene e ha perfezionato, innalzandola, la famosa formula di Bernstein: il moto è tutto, il fine è nulla. Sí. Il moto socialista è tutto, in quanto però le volizioni, i motivi che vi presiedono siano tutti penetrati dal fine socialista. Il fine vive cosí nelle nostre azioni presenti. Ciò equivale a dire che il socialismo non è un ideale statico e astratto, che potrà un giorno compiutamente realizzarsi. È un ideale limite irraggiungibile che si realizza per quel tanto che riesce a permeare la nostra vita.

Il socialismo, piú che uno stato esteriore da realizzare, è, per il singolo, un programma di vita da attuare.

Capitolo VI: socialismo liberale

La lenta ma fatale erosione del socialismo marxista non si è accompagnata, purtroppo, ad un vigoroso sforzo ricostruttivo. La vecchia fede è scossa, ma la nuova non è sorta. Si è andati lentamente alla deriva; e quando si è trattato di fissare la nuova posizione, i piú sono arretrati, spaventati dal cammino compiuto. La vecchia guardia si è riafferrata con gli uncini dialettici ai sacri testi; i giovani hanno oscillato tra un mortificante dogmatismo e la piú penosa delle incertezze. Il monopolio goduto dal marxismo per quasi mezzo secolo ha disabituato troppa gente dal ripensare originalmente, in piena indipendenza di giudizio, i problemi del socialismo. Sicché oggi l'emancipazione forzata dà le vertigini.

Ancora una volta la critica si dimostra piú facile della ricostruzione. Ma che valore ha una critica che non si accompagni per lo meno ad un tentativo di ricostruzione? Qui non siamo nei regni della scienza pura. Il moto socialista è, prima e indipendentemente da ogni teoria e da ogni teorica giustificazione. Venticinque milioni di uomini sono organizzati sotto le bandiere del socialismo e in nome del socialismo lottano per la loro emancipazione. Non basta negare, bisogna ricordarsi sempre di questa positiva grandiosa realtà. In breve: sino a che noi non sapremo sostituire alla vecchia consunta posizione marxista una posizione nuova che soddisfi egualmente, sia pure con le necessarie correzioni, le fondamentali esigenze delle masse lavoratrici, avremo fatto opera, se non vana, per lo meno di interesse assai relativo.

Ora questa piú fresca e fruttuosa e attuale posizione non ha bisogno di essere inventata attraverso cerebrali meditazioni. Essa vive già in potenza nella critica revisionista e si attua progressivamente nel moto operaio. Il problema consiste piuttosto nel rendere esplicito ciò che è implicito, di liberarsi di troppi residui che ancora gravano sulla ideologia, di avere il coraggio di chiamare le cose col loro vero nome. Neomarxismo revisionista e prassi operaia sono la faccia teorica e la faccia pratica di una nuova concezione socialista liberale in cui i problemi di giustizia sociale e di vita associata possono e debbono porsi sullo stesso piano di quelli di libertà e di vita individuale. Il socialismo deve tendere a farsi liberale e il liberalismo a sostanziarsi di lotta proletaria. Non si può essere liberali senza aderire attivamente alla causa dei lavoratori; e non si serve efficacemente la causa del lavoro senza fare i conti con la filosofia del mondo moderno, fondata sull'idea di svolgimento per via di contrasti eternamente superantisi, nei quali celasi appunto il succo della posizione liberale.

Tutta la socialdemocrazia europea, e non solo europea, si muove verso una forma di rinnovato liberalismo, che riassorbe in sé i motivi di movimenti apparentemente opposti (illuminismo borghese e socialismo proletario). Dovunque essa si batte per le libertà individuali, politiche, di voto e di coscienza. Gli aspetti messianici, finalistici, passano al secondo piano, mentre si impongono i problemi del concreto moto di emancipazione operaia. L'ideale di una società perfetta di liberi e di eguali, senza classi, senza lotta, senza Stato, si trasforma ogni giorno di piú in un ideale limite che vale non in sé, quanto come stimolo e fuoco dello spirito. La nuova fede si alimenta nel fatto della lotta e della ascensione proletaria, nello sforzo della società tutta quanta per superare i termini angusti ed ingiusti della società borghese, nella perenne sete di giustizia e ansia di libertà. E, piú in generale – elevandosi ad una contemplazione distaccata del moto sociale – nella visione della vita come inesausto cozzo di forze e ideologie che negandosi si superano per accedere a forme superiori di assetto sociale e di attività spirituale.

La formula socialismo liberale suona all'orecchio di molti, usi alla terminologia politica corrente, come una stonatura. La parola liberalismo ha servito purtroppo a contrabbandare merci di cosí varia specie e natura, e fu a tal punto per il passato orto borghese, che mal si piega oggi il socialista ad impiegarla. Ma qui non è che si voglia proporre una nuova terminologia di partito. Si vuol solo ricondurre il moto socialista ai suoi princípî primi, alle sue origini storiche e psicologiche. Si vuol solo dimostrare come il socialismo, in ultima analisi, sia filosofia di libertà.

Passò d'altronde il tempo in cui politica borghese e politica liberaleliberista si identificavano. In tutto il mondo le borghesie non sono piú liberiste e non sono piú necessariamente liberali. Quanto piú il moto proletario s'afferma e si rafforza nelle masse il senso attivo della libertà, e tanto piú la borghesia, nelle sue frazioni piú retrive, tenta di sottrarsi alla disciplina e al metodo della libertà. Gli stessi nuovi orientamenti della produzione moderna – razionalizzata meccanicizzata teocratica –, sacrificatrice della personalità umana nell'operaio, costringono i socialisti a una funzione, anche nel senso tradizionale della parola, liberale. Verrà giorno in cui questa parola, questo attributo, sarà rivendicato con orgogliosa consapevolezza dal socialista: <sarà quello il giorno della sua maturità, della sua conseguita emancipazione almeno nella sfera dello spirituale.>

Nella sua piú semplice espressione il liberalismo può definirsi come quella teoria politica che, partendo dal presupposto della libertà dello spirito umano, dichiara la libertà supremo fine, supremo mezzo, suprema regola della umana convivenza. Fine, in quanto si propone di conseguire un regime di vita associata che assicuri a tutti gli uomini la possibilità di un pieno svolgimento della loro personalità. Mezzo, in quanto reputa che questa libertà non possa essere elargita od imposta, ma debba conquistarsi con duro personale travaglio nel perpetuo fluire delle generazioni. Esso concepisce la libertà non come un dato di natura, ma come divenire, sviluppo. Non si nasce, ma si diventa liberi. E ci si conserva liberi solo mantenendo attiva e vigilante la coscienza della propria autonomia e costantemente esercitando le proprie libertà.

La fede nella libertà è al tempo stesso una dichiarazione di fede nell'uomo, nella sua indefinita perfettibilità, nella sua capacità di autodeterminazione, nel suo innato senso di giustizia. Il liberale veramente tale è tutt'altro che uno scettico. È un credente, anche se combatte ogni affermazione dogmatica; è un ottimista, anche se ha della vita una concezione virile e drammatica.

Questo in sede astratta. In sede storica il discorso si complica perché il liberalismo ha una storia ideale e pratica che, nel suo svolgersi, ha dato vita a una straordinaria messe di esperienze e di provvisorie teorizzazioni. Nato dal pensiero critico moderno, ebbe la sua prima affermazione con la Riforma religiosa. Nelle atroci guerre di religione, in cui gli uomini si dilaniarono in nome delle opposte fedi e degli opposti dogmi, nacque, come il fiore sulle rovine, la libertà di coscienza religiosa. Cattolici e protestanti, incapaci di sterminarsi a vicenda, acconsentirono alla tregua e riconobbero a tutti gli uomini il diritto di professare il culto che piú loro conveniva. Il principio di libertà si allargò alla vita della cultura nei secoli XVII e XVIII per effetto del progresso scientifico e di quel movimento di ascensione economica e intellettuale della borghesia che culmina nell'Enciclopedia; e trionfò finalmente in sede politica con la rivoluzione dell'89 e la sua Dichiarazione dei diritti dell'uomo; per tendere infine ai tempi nostri ad informare di sé tutta la vita sociale, in tutti i suoi aspetti e in tutte le sue parti, nella sfera economica in particolare, per far sí che la libertà, teorica proclamazione universale, rispondente in fatto all'interesse di pochi, diventi veramente patrimonio di tutti.

Il socialismo non è che lo sviluppo logico, sino alle sue estreme conseguenze, del principio di libertà. Il socialismo, inteso nel suo significato piú sostanziale e giudicato dai risultati – movimento cioè di concreta emancipazione del proletariato – è liberalismo in azione, è libertà che si fa per la povera gente. Dice il socialismo: l'astratto riconoscimento della libertà di coscienza e delle libertà politiche a tutti gli uomini, se rappresenta un momento essenziale nello sviluppo della teoria politica, ha un valore ben relativo quando la maggioranza degli uomini, per condizioni intrinseche e ambientali, per miseria morale e materiale non sia posta in grado di apprezzarne il significato e di valersene concretamente. La libertà non accompagnata e sorretta da un minimo di autonomia economica, dalla emancipazione dal morso dei bisogni essenziali, non esiste per l'individuo, è un mero fantasma. L'individuo in tal caso è schiavo della sua miseria, umiliato dalla sua soggezione; e la vita non può avere per lui che un aspetto e una lusinga: il materiale. Libero di diritto, è servo di fatto. E il senso di servitú aumenta in pena ed ironia non appena il servo di fatto acquista coscienza della sua libertà di diritto e degli ostacoli che la società gli oppone per conseguirla. Ora di questi individui, dice il socialista, era piena la società moderna allorquando il socialismo nasceva; di questi individui ancor oggi è composta in regime capitalistico buona parte della classe lavoratrice, priva d'ogni diritto sui suoi strumenti di lavoro, d'ogni compartecipazione alla direzione della produzione, d'ogni senso di dignità e di responsabilità sul lavoro – dignità e responsabilità, primi scalini della scala che conduce dalla schiavitú alla libertà.

È in nome della libertà, è per assicurare una effettiva libertà a tutti gli uomini, e non solo a una minoranza privilegiata, che i socialisti chiedono la fine dei privilegi borghesi e la effettiva estensione all'universale delle libertà borghesi; è in nome della libertà che chiedono una piú equa distribuzione delle ricchezze e l'assicurazione in ogni caso ad ogni uomo di una vita degna di questo nome; è in nome della libertà che parlano di socializzazione, di abolizione della proprietà privata dei mezzi di produzione e di scambio, della sostituzione del criterio di socialità, dell'utile collettivo, al criterio egoistico, dell'utile personale, nella direzione della vita sociale. Tra una libertà media estesa all'universale, e una libertà sconfinata assicurata ai pochi a spese dei molti, meglio, cento volte meglio, una libertà media. Etica, economia, diritto concordano in questa conclusione.

Il movimento socialista è dunque il concreto erede del liberalismo, il portatore di questa dinamica idea di libertà che si attua nel moto drammatico della storia. Liberalismo e socialismo, ben lungi dall'opporsi, secondo voleva una vieta polemica, sono legati da un intimo rapporto di connessione. Il liberalismo è la forza ideale ispiratrice, il socialismo la forza pratica realizzatrice.

La borghesia fu, un tempo, l'antesignana di questa idea di libertà, la depositaria della funzione liberale: quando, rompendo il quadro chiuso e gelido della vita feudale, vi portò germi fecondi di vita. Nella sua lotta contro il dogmatismo della Chiesa e l'assolutismo dei re, contro i privilegi dei nobili e i privilegi del clero, il mondo morto di una produzione immobile e coatta, la borghesia impersonò per una lunga teoria di secoli le esigenze di progresso della intera società. Oggi non piú. La borghesia ha trionfato, ha conquistato tutte le posizioni dominanti; ma per il suo stesso trionfo la sua funzione rivoluzionaria, di levatrice del progresso, volge al tramonto. Essa non è piú incalzata da una perpetua ansia di libertà, di progresso, di superamento delle posizioni acquisite; né la assiste piú un ideale universale, come nell'89, che trascenda il suo interesse di classe. Il sedicente liberalismo borghese si è forgiato un sistema rigido, chiuso, puntellato da quell'insieme di principî economici, giuridici, sociali, che si riassumono sinteticamente con la formula: Stato capitalistico borghese. Esso si richiama ancora ai vecchi principî della Rivoluzione francese, ma questi principî appaiono come cristallizzati, mummificati, privati del loro intimo significato, contraddicenti a quello che era lo spirito animatore di coloro che, in un impeto di generoso entusiasmo, cotesti principî proclamarono.

Il liberalismo borghese tenta di arrestare il processo storico allo stadio attuale, di eternare il suo dominio, di trasformare in privilegio quello che fu un tempo un diritto derivante da una incontestabile opera novatrice; e si oppone all'ingresso sulla scena della storia delle nuove forze sociali prementi. Col suo dogmatico attaccamento ai principî del liberismo economico (proprietà privata, diritto di eredità, piena libertà di iniziativa in tutti i campi, lo Stato organo di polizia e di difesa) ha come imprigionato lo spirito dinamico del liberalismo entro lo schema transeunte di un sistema sociale. Il liberalismo è invece per definizione storicista e relativista, vede nella storia un perpetuo fluire, un eterno divenire e superamento; nulla è piú repellente alla sua essenza della stasi, della immobilità, della categorica certezza, della fede nel possesso di verità assolute, definitive, che contraddistingue i liberali borghesi.

Il liberalismo borghese è impotente a intendere il problema sollevato dal movimento socialista: non comprende cioè che la libertà politica e spirituale non è in grado, da sola, di realizzare l'esigenza liberale. Arbitrariamente estende la propria esperienza storica al proletariato, e assurdamente ritiene che il problema della libertà possa porsi in modo eguale per tutte le classi. È chiaro ad esempio che mentre la conquista della libertà politica costituí per la borghesia la sublimazione, il coronamento della sua potenza, già affermatasi in sede economica e culturale; per il proletariato, privato d'ogni effettiva influenza sulla direzione della vita economica, la rivendicazione e successiva conquista della libertà politica nulla] rappresentò se non l'inizio della lotta per la emancipazione anche economica. Il processo è nettamente inverso. E in ciò probabilmente sta una delle ragioni massime della crisi che tormenta tutti i movimenti socialisti europei, specie nel dopoguerra: in questa terribile sproporzione tra forza economica, capacità tecnica, livello culturale, e forza politica; nell'essersi trovato, il proletariato, a disporre di un'arma politica formidabile, cui non corrispose a tempo (e ancora non corrisponde) un adeguato braccio per impugnarla.

Solo alcune frazioni della borghesia esercitano ancora una utile, diciamo anzi, pressoché indispensabile funzione progressista. E quali? Quelle che, indipendentemente dal privilegio della nascita, realizzano nella vita nuovi valori nella sfera della intelligenza pura e del lavoro di direzione: gli intellettuali, gli scienziati, la parte piú sana e piú attiva della borghesia industriale ed agraria, e quelle figure formidabili del mondo moderno che sono gli imprenditori, i grandi capitani di industria, i politici dell'economia; coloro che, in qualunque regime economico, avranno il compito di coordinare i vari fattori produttivi e di mantenere inesausto il ritmo del progresso economico.

Riprova di questa funzione liberale che ancora esercitano alcune frazioni borghesi è l'esistenza, presso tutte le democrazie moderne, di partiti di democrazia borghese che non restano sordi alle esigenze del progresso e dànno la mano, sia pure una cauta e dubbiosa mano, al movimento di ascensione della classe lavoratrice. Ma la borghesia come classe, come quella classe (che piú che classe è categoria sociale e categoria mentale) che ricava la maggior parte dei suoi redditi da capitali e privilegi accumulati, o che comunque questo sistema privilegiato difende considerandolo come il piú adeguato alla conservazione del proprio dominio e il piú favorevole allo svolgersi della vita sociale, non è piú liberale, non può piú essere liberale.

Perché la borghesia potesse ancora oggi rivendicare in modo persuasivo la funzione liberale, bisognerebbe che essa e il sistema economico che ai suoi interessi si ricollega, si dimostrassero capaci, per virtú intrinseca dei principî animatori, di soddisfare le esigenze della nuova classe, del Quarto Stato. Bisognerebbe che la borghesia si dimostrasse capace, pur di restare fedele alla sua grande tradizione storica, di sacrificare le posizioni di ricchezza e di comando conquistate, per far posto volontariamente alle nuove forze sociali prementi. Ma quale disinteresse, quale eroismo, pretenderemmo da essa! Una simile sete di autoimmolazione potrà ritrovarsi in qualche raro spirito superiore, distaccato dal destino della propria classe al punto da pervenire alla serena obbiettività del filosofo, meglio ancora, ad abbracciare la causa degli oppressi; non mai in una classe, saldamente afferrata ai suoi beni, ai suoi privilegi, e al potere.

Dove vive, dove si attua dunque il liberalismo? In tutte le forze attive, rivoluzionarie (nel senso sostanziale della parola) della storia; in tutte le forze sociali che – sia pure senza averne sempre piena consapevolezza – esercitano una funzione rinnovatrice, in tutte le forze che intendono superare lo stato sociale attuale e aprire alla libertà e al progresso sempre nuovi territori, sempre nuovi orizzonti.

I poveri, gli oppressi, coloro che non possono adattarsi allo stato attuale, perché in questo stato soffrono e si sentono come limitati, mutilati, e hanno coscienza della loro mutilazione; ecco il formidabile campo di reclutamento del liberalismo. La classe lavoratrice nella moderna società capitalistica, ecco la classe che sola, come classe, può essere rivoluzionaria; il socialismo che ne interpreta le esigenze, che lotta contro l'assetto attuale in nome dei bisogni del maggior numero e di un principio superiore di libertà e di giustizia, che risveglia le masse dalla servitú antica dando loro coscienza della inferiorità in cui si trovano, ecco il movimento politico liberale e liberatore.

«Il proletariato – scrive uno tra i piú acuti rappresentanti del nuovo socialismo italiano – Saragat – non ricrea la storia dalle fondamenta, ma al contrario non fa che portare a compimento un vecchio lavoro iniziato da quando esiste la società umana... L'idea di libertà non nasce col proletariato ma con la nascita dell'uomo, col primo bagliore di autocoscienza nello spirito dell'uomo. Al proletariato spetta di portare piú alto e piú avanti questa fiaccola che ha ricevuto nel moto drammatico della storia dalle classi che lo hanno preceduto...»

Il proletariato può dirsi dunque l'erede della funzione liberale.

A una condizione però: che i poveri, che la classe lavoratrice, che il movimento socialista, in tanto reclamino la trasformazione della società borghese in quanto si pongano in grado, e per la teoria cui si richiamano e per le capacità che posseggono, di effettivamente migliorarla.

La lunga opposizione ha troppo abituato i socialisti a concepire il socialismo in termini polemici e in termini di pura forza. La società borghese è marcia, la società borghese è ricolma di attriti, di vizi, di ingiustizie: quindi, la si abbatta. Piano. In materia sociale abbatte solo chi sa costruire, anzi si abbatte solo nella proporzione in cui si è ricostruito, non foss'altro perché la vita sociale non può conoscere soste e regressi; soste e regressi dei quali i primi a soffrire sono i proletari. Non basta piú dimostrare sulla carta che la società socialista è piú giusta e razionale. Bisogna farla funzionare in pratica: e per farla funzionare occorrono le capacità; e le capacità non si improvvisano, e neppure basta che esistano in una esigua minoranza.

Il socialismo da problema astratto di giustizia sta trasformandosi ogni giorno di piú in un problema di capacità. Torna Proudhon...

Contro questo tentativo di esprimere il socialismo in termini di libertà, di riconoscere nel movimento socialista l'erede della funzione liberale, si è obbiettato che il liberalismo male si concilia col programma ricostruttivo cosí preciso e categorico che distingue i partiti socialisti moderni. I liberali, si dice sempre, non possono per definizione sapere come si determineranno gli equilibri a venire. Al pari dei conservatori borghesi, sedicenti liberali, anche i socialisti finirebbero per imprigionare il liberalismo entro i limiti di un sistema chiuso e predeterminato, entro i limiti del sistema collettivistico. Ora lo spirito liberale è essenzialmente dialettico e storicista; per esso la lotta è l'essenza stessa della vita; la storia è la risultante di un perpetuo confluire ed urtarsi di forze; nulla quindi di piú illiberale ed utopistico che volerle assegnare un percorso obbligato. Per il liberale nessun principio, nessun programma, per quanto mitico e lontano nel tempo, può assumere quel sapore assoluto, categorico, che assume invece nei socialisti il loro programma finalistico. Il prevedere e, addirittura, lo stesso auspicare che essi fanno, di un futuro regno di Dio su questa terra, di un regno di giustizia, di pace e di eguaglianza, di uno stato sociale, cioè, statico e perfetto, repugna profondamente alla concezione liberale della vita.

L'obbiezione è giustissima se si rivolge contro la vecchia posizione mitica e utopistica socialista e contro la mentalità ancora assai diffusa nelle fila socialiste. Il Manifesto dei Comunisti, pur avendo tanto contribuito a diffondere l'esigenza emancipatrice, e quindi liberale, nelle masse, è in sé, nel pensiero messianico che lo informa, profondamente illiberale. Lo stesso dicasi per la concezione marxista tradizionale e per la piú gran parte dei programmi finalistici e ricostruttivi dei partiti socialisti. Ma qui occorre distinguere, e ricordare che una cosa è il concreto moto socialista, un'altra cosa il suo programma, anzi il suo vecchio programma. Quel che si vuole qui sostenere è che il moto socialista, per i suoi effettivi movimenti e i risultati che sino ad ora ha avuti nello sviluppo sociale, esercita ordinariamente oggi, nella concreta società in cui viviamo, una indubbia funzione liberale. Il proletariato può dichiarare nei suoi programmi ciò che vuole; ma, sino a tanto che esso continuerà a trovarsi in una situazione di inferiorità morale e materiale e sentirà prepotente il bisogno di liberarsene, e, nel liberarsene, farà uso di mezzi, di strumenti adeguati, cioè posti sulla via del progresso, compierà – lo voglia o non lo voglia, lo sappia o non lo sappia – opera sostanzialmente liberale. Nessuno può negare che in tutti i paesi il moto operaio abbia dato prova, passato il periodo di disperata ribellione degli inizi, di una notevole comprensione delle esigenze del progresso. Non solo esso non lotta piú contro la introduzione di metodi piú perfezionati di produzione e contro le macchine, ma arriva addirittura a reclamarne la introduzione, ben comprendendo che le possibilità di miglioramento e di ascensione sono strettamente collegate a una piú alta produttività sociale. <Marx ha sempre ammonito i socialisti che la società socialista non sorgerà da una riforma interna della società capitalistica, del suo sistema di distribuzione, ma dalla evoluzione delle forze di produzione. Sviluppare queste forze di produzione, svilupparle il piú rapidamente e integralmente, ecco il mezzo migliore per avvicinare la società nuova. Marx però riteneva che questo processo di sviluppo fosse rapidissimo e determinasse in breve volgere di tempo una crisi catastrofica nel sistema dei rapporti capitalistici; mentre la realtà ha dimostrato come questo sviluppo non conducesse necessariamente a conclusioni socialiste. Di qui la crisi della dottrina socialista, la sensazione che la macchina economica non segna una direzione obbligata, la revisione dei programmi, il subentrare di una visione piú complessa e realista in tutti i movimenti socialisti. Come il viandante che in distanza scorge sull'orizzonte la montagna con contorni netti e regolari e poi, avvicinatosi, la scopre sinuosa e tormentata, tutta pieghe e ondulazioni, cosí il socialista, seguendo da presso la vita economica e

sociale, si è reso conto dell'eccessivo semplicismo e unilateralità dei programmi iniziali.> In tutta Europa stiamo assistendo in questi anni a una profonda trasformazione del movimento socialista, nel senso di una sempre maggiore aderenza alla realtà, di una sempre piú decisiva prevalenza riconosciuta al moto operaio e ai programmi concreti, immediati. Uno dopo l'altro i residui utopistici e messianici, che tanto posto occupavano ai primordi, vengono abbandonati; mentre nella letteratura cadono nel giusto oblio, i vecchi libri catechistici o apocalittici che si proponevano di delineare l'ipotetico Stato socialista nei piú risibili dettagli.

Anche per i socialisti le formule semplicistiche, le ricette univoche e miracolose che dovevano fornire il segreto dell'avvenire, hanno fatto il loro tempo. Ormai sono molti i socialisti che concedono che solo per grandissime linee si può fissare la meta, anzi una meta, una tappa; che occorre adattarsi alle circostanze e a un mondo in continua vertiginosa trasformazione; che è necessario adeguarsi all'esperienza, tenendo presenti solo alcuni punti saldi di orientamento; perché solo dal moto, dalla esperienza liberamente attuata, scaturiranno le indicazioni per il domani.

Le esperienze della guerra e del dopoguerra – la russa in specie – hanno condotto all'abbandono del vecchio programma accentratore, collettivista, che faceva dello Stato l'amministratore, il gerente universale, il controllore dei diritti e delle libertà universali. Non si pensa piú, come un tempo, che il semplice fatto della espropriazione, il passaggio delle attività produttive alla collettività, determinerà una trasformazione apocalittica – produzione e ricchezza moltiplicate, lavoro ridotto e reso gioioso, l'uomo libero alfine dalla schiavitú della materia, soppresse automaticamente le lotte, le classi, le guerre; trionfanti la fratellanza, la giustizia, la pace...

Per i socialisti seri, colti, preparati – dirò di piú: per tutta la élite dirigente – coteste sono ormai favolette delle quali è piú igienico non parlare. A tutti appaiono, oltretutto, chiari, i pericoli della elefantiasi burocratica, della invadenza statale, della dittatura dell'incompetenza, dello schiacciamento d'ogni autonomia e libertà individuale, del venir meno dello stimolo nei dirigenti come negli esecutori. Non parliamo poi del problema della felicità.

Ormai la tendenza predominante, nel campo socialista, è in favore di forme di conduzione per quanto possibile autonome, sciolte, correlative ai vari tipi di imprese, che ne rispettino le tanto varie esigenze: forme municipali, cooperative, sindacali, gildiste, trustiste, forme miste, con innesto dell'interesse generale sul particolare, forme individuali e famigliari, a seconda delle tradizioni, della tecnica, dell'ambiente, ecc. Dello Stato industriale, commerciante, agricoltore, tutti hanno uno scarso concetto, a meno non si tratti di servizi pubblici essenziali. Diciamo di piú: nessun socialista si attenta piú a sostenere a priori, in forma generale, la formula socializzatrice. Comincia a farsi strada in molti studiosi eminenti (vedi la recente clamorosa conversione di G. D. H. Cole, uno dei piú acuti socialisti britannici) la convinzione che per certi rami di industria il problema piú importante è quello della democratizzazione del regime di fabbrica e del controllo della direzione tecnica e sociale nell'interesse della collettività. E anche per quei rami piú progrediti e routiniers in cui è evidente sin d'ora la possibilità e la utilità di una socializzazione, si ha anche cura di avvertire che non vi si potrà giungere comunque di colpo, ma gradualmente, a passi mediati, con adeguato corredo di esperienze e di capacità. Insomma pare a me che quella giusta riserva che, in nome del liberalismo, si poteva avanzare contro l'astrattismo e l'utopismo degli antichi programmi socialisti, sia sulla via di essere superata per il trionfare del buon senso, dell'esperienza, delle lezioni pratiche del moto, e soprattutto per le sopravvenute responsabilità di governo.

Si è detto che la posizione liberale è contrassegnata dalla fede nella libertà non solo come fine, ma anche come mezzo. La libertà non saprebbe conseguirsi attraverso la tirannia o la dittatura, e neppure per elargizione dall'alto. La libertà è conquista, autoconquista, che si conserva solo col continuo esercizio delle proprie facoltà, delle proprie autonomie.

Per il liberalismo, e quindi per il socialismo, è fondamentale la osservanza del metodo liberale o democratico di lotta politica; di quel metodo che, per la sua intima essenza, è tutto penetrato dal principio di libertà. Esso può riassumersi con una sola parola: autogoverno. Il metodo liberale vuole che i popoli e le classi, al pari degli individui, si amministrino da sé, con le loro forze, senza interventi coercitivi o paternalistici. La sua grande virtú pedagogica consiste appunto nell'assicurare un clima che sospinga tutti gli uomini ad esercitare le loro piú alte facoltà nell'approntare istituti che li inducano a partecipare attivamente alla vita sociale. Esso reca come premessa fondamentale il principio che la libera persuasione del maggior numero allo stesso modo che è il miglior mezzo per raggiungere la verità, cosí è il miglior mezzo per garantire progresso sociale e assicurare la libertà. Sul terreno politico si potrebbe definire come un complesso di regole di giuoco che tutte le parti in lotta si impegnano a rispettare; regole dirette ad assicurare la pacifica convivenza dei cittadini, delle classi, degli Stati, a contenere le lotte fatali e anzi desiderabili, entro limiti tollerabili, a consentire la successione al potere dei vari partiti, ad incanalare nella legalità le forze innovatrici via via insorgenti.

Prima ancora di essere un sistema di meccanica politica, esso vuol essere una sorta di patto di civiltà che gli uomini di tutte le fedi stringono fra loro per salvare nella lotta gli attributi della loro umanità. Per quanto non sia suscettibile di definizione rigida, si può dire che si concreti nel principio della sovranità popolare, nel sistema rappresentativo, nel rispetto dei diritti delle minoranze (in pratica nel diritto all'opposizione), nel solenne riconoscimento di taluni diritti fondamentali della persona definitivamente acquisiti alla coscienza moderna (libertà di pensiero, di riunione, di stampa, di organizzazione, di voto, ecc.), nel rinnegamento esplicito del ricorso alla violenza.

Il metodo liberale di lotta politica non tollera attributi; esso non è e non può essere né borghese né socialista, né conservatore né rivoluzionario, per quanto la sua natura lo porti a favorire le forze del progresso. Vincolo anteriore ad ogni tendenza politica, richiede in coloro che vi accedono, la fede nella ragione, il rispetto sacro dell'uomo, il riconoscimento di una sfera invarcabile di autonomia nel cittadino, la convinzione radicata che nulla di saldo e durevole si edifica con la forza brutale, ancorché posta al servizio di grandi ideali. Come tutti gli strumenti perfezionati, esso implica naturalmente un alto grado di civiltà; anzi, è il prodotto stesso della civiltà. Basta infatti il sabotaggio di una sola delle parti in giuoco per impedire il retto funzionamento del metodo. Ne viene però la conseguenza che la violenza che usassero le altre per ridurre all'ordine quell'una, sarebbe pienamente legittima. La violenza cui si vedesse ad esempio costretto a ricorrere un proletariato che si vedesse attaccato da forze reazionarie all'indomani di una grande vittoria elettorale che gli aprisse le vie del potere, sarebbe una sacrosanta e liberalissima violenza. Il liberalismo non esclude la violenza: solo la trasforma in forza, dandole la sanzione della morale e del diritto.

Il riconoscimento del metodo liberale, la fedeltà al metodo, ecco in che si sostanzia praticamente il liberalismo politico.

Purtroppo non sono rari i casi di socialisti che svalutano o irridono il metodo democratico. Facendo pompa di realpolitik, essi ricordano che tutte le grandi trasformazioni storiche furono accompagnate dalla violenza, e che è ingenuo illudersi che la classe borghese si lasci spogliare senza offrire resistenze, in omaggio al dogma liberale. Aggiungono che il metodo democratico è il metodo proprio alla società borghese, rispondente agli interessi di conservazione e di governo della borghesia. Che sí, il proletariato può e deve servirsi delle istituzioni democratiche fintanto che è debole e ha bisogno di farsi le ossa; ma il giorno in cui esso sarà sufficientemente forte per affrontare la battaglia, dovrà saper dare un bel calcio a tutto l'armamentario democratico, utopistico, umanitario, e fare ricorso alla violenza, unica risolutrice nei periodi supremi di crisi e di trapasso.

Questo discorso che i socialisti democratici si sentono ripetere da trent'anni dimostra, in chi lo tiene, una completa incomprensione dello spirito e dell'essenza del metodo liberale, una fisiologica incapacità a sortire da posizioni che se avevano una ragione d'essere ai primordi del moto socialista, quando il proletariato era privo dei diritti politici e non aveva da perdere altro che le sue catene, non hanno piú ragione d'essere oggi che il proletariato ha conquistato in tutti i paesi la sua maggiorità politica. La classe operaia si trova oggi, in Europa, di fronte ad una borghesia che, trascinata dalla logica dei suoi principî e soprattutto dalla irresistibile pressione proletaria, è stata costretta a darsi – ché non l'aveva originariamente – una costituzione democratica. La borghesia ammette oggi esplicitamente che l'unica fonte di legittimità del potere risiede nel popolo, in tutto il popolo, il quale esprime il suo volere nei parlamenti, attraverso il suffragio universale. Il partito e i partiti che hanno la maggioranza governano; e, forti del consenso dei piú, hanno, in principio, il diritto di modificare a loro talento la costituzione sociale, con la sola riserva che si rispetti il diritto di opposizione.

Non occorre sapere in questa sede se la borghesia aderisca oggi in buona o mala fede, per convinzione o per necessità, a questo principio. Ciò che sappiamo in modo preciso è che questo principio non può non venire accolto con gioia profonda dai socialisti. Non dicono essi di voler servire l'interesse della grande maggioranza della popolazione? Non rivendicano essi la rappresentanza specifica delle esigenze e delle idealità della intera classe lavoratrice? Come dunque possono esitare nell'accettazione piena di un criterio di lotta politica che è diretto, tosto o tardi, a dar loro il potere nelle mani, e che a priori legittima tutte le loro rivendicazioni?

Nessuna riforma sarà abbastanza audace, pur che riceva l'adesione della maggioranza, sollecitata coi mezzi della propaganda. Nessuna trasformazione sarà troppo radicale, purché si appoggi su uno stabile consenso. Il problema dei problemi, per tutti i partiti socialisti, diventa ormai quello di darsi un programma che possa soddisfare le necessità di una maggioranza organica delle popolazione dei rispettivi paesi.

Coll'affidarsi al metodo democratico nessuno crede di espellere miracolosamente la violenza dalla storia, né si culla nella illusione che la borghesia si rassegni placida al tramonto. Non è all'indomani di una cosí tragica guerra, non è all'indomani dell'esperienza fascista, che si può pensar questo. Nessuno può escludere che la borghesia, o la frazione piú retriva di essa, terrorizzata dalla marea proletaria che sale implacabile, stretta nella morsa di un moto operaio reso formidabile proprio dal suo gradualismo, dalla saggia adesione alla realtà del suo tempo e dal rispetto dei metodi legali, ricorra alla sopraffazione armata. Ma, si badi: 1) la borghesia non è un blocco uniforme; molto piú spesso di quanto non si creda la sua pretesa unità è un sogno di astrattisti. È proprio questa dicotomia volgare di molti socialisti, che concorre a creare in momenti di crisi un artificioso blocco borghese; 2) queste armi vogliono delle coscienze, delle volontà che le impugnino. Sino a prova in contrario, esercito e polizia, sono popolo, proletariato, non borghesia; 3) in questa eventualità proprio la piú ortodossa dottrina liberale, da Blackstone a Mill, non solo legittima l'impiego della forza da parte della maggioranza, ma addirittura glielo impone.

Dunque, niente serafico sogno di cherubini che vivono nel segno dell'utopia, ma consapevolezza del peso della morale e del diritto nei grandi urti delle classi e dei popoli. Ciò che a noi preme è di legittimarla questa eventuale violenza, di mettersi in condizione di non essere noi i trasgressori del patto di civiltà, di ricorrere alla violenza solo se costretti, e di ricorrervi in nome di quel principio di legalità, di maggioranza, che i nostri stessi avversari, finché di una maggioranza disponevano, avevano dichiarato di accettare e anzi imponevano di rispettare.

Non son rari coloro che a questo punto sorridono e accusano i «formalisti» del metodo democratico di perdersi in distinzioni bizantine. Ma col far ciò dimostrano di essere ancora di là del bene e del male; non sanno che in queste distinzioni sta precisamente tutto il diritto, e neppure lontanamente immaginano la suggestione che circonda il diritto violato, e quale energia esso sappia ispirare ai suoi difensori.

<Il bello si è poi che coloro che tanto amano riempirsi la bocca di sonanti invocazioni all'insurrezione, alla violenza parificatrice, necessaria, storica, sono normalmente i piú incapaci, anche per la loro educazione e i moventi umanitari che li sospingono, a seriamente organizzare un moto rivoluzionario. La loro mentalità barricardiera è per lo piú un ricordo libresco, una sentimentale tradizione romantica, giacobina, tratta dai fasti della Rivoluzione francese, quando pure non è una astrazione di filosofi cerebralizzanti. Ché non appena la borghesia, abilmente profittando delle loro dichiarazioni sconvolgitrici, passa all'azione illegale, essi non sanno ordinariamente far nulla di meglio che appellarsi alle sacre carte costituzionali violate, ai diritti innati calpestati, al senso di umanità rinnegato, solennemente rimproverando i randelli borghesi – ahimè troppo spesso manovrati da autentici proletari – di non restar fedeli allo spirito della loro civiltà che deve – chi sa poi perché – essere sempre e solo fedele al metodo democratico.>

Pare impossibile, ma da parte di molti socialisti non si è ancora compreso che la riserva con cui essi sogliono accompagnare l'adesione al metodo democratico – riserva per la quale dichiarano di valersene sin tanto che tornerà loro comodo, salvo poi rinnegarlo – non serve altro che ad autorizzare i ceti reazionari a ricorrere subito ai mezzi illegali per stroncare tempestivamente un movimento operaio che minacci di farsi pericoloso.

L'esempio italiano del 191920 è dolorosamente probante. Il partito socialista, pur avendo ottenuto un grandissimo successo elettorale, aveva raccolto non piú, e anzi meno, di un terzo dei voti: non disponeva perciò della maggioranza, malgrado le elezioni si fossero svolte, per la prima e ultima volta in Italia, in guisa del tutto regolare. Pure esso dichiarò solennemente alla borghesia che l'ora sua ultima era suonata, che si preparasse a scomparire, che la rivoluzione nelle strade stava per scoppiare, che alla rivoluzione sarebbe seguita la dittatura, con la soppressione morale e fisica di tutte le minoranze dissenzienti. È vero che si limitò poi, salvo sporadici episodi, ad erigere barricate di schede e di ordini del giorno. Ma intanto fece in pieno il giuoco degli elementi reazionari i quali, facendosi forti delle scioccherie degli estremisti, riuscirono a travestirsi da agnellini restauratori delle libertà offese e del diritto violato. Con quali conseguenze è inutile dire.

Che la lezione almeno serva, che la si smetta di fare i machiavellici, i filosofi della storia; che ci si astenga nell'avvenire dal voler inserire nei programmi socialisti di tutto un po' – legalità e violenza, pace e guerra, democrazia e dittatura – pur di non farsi trovare «impreparati». In politica bisogna parlare sempre chiaro, anche a costo di far la figura di semplicisti.

E che la si smetta anche di fare gli eterni scettici, di credere che la legge di Caino, la legge della violenza e del sangue, debba in eterno regnare tra uomini di una stessa terra. Agli eterni scettici si può domandare quale risposta dessero in Grecia, in Roma, nelle stesse colonie schiaviste del SetteOttocento i proprietari di schiavi, i sociologi e gli schiavi stessi sulla possibilità che un giorno l'istituto della schiavitú sparisse; e quale risposta avrebbero dato l'ugonotto di Francia e l'ebreo di Spagna a chi avesse loro profetato che il giorno sarebbe venuto per una pacifica convivenza dei culti. Facili sorrisi di scherno, lezioni di realismo. Eppure l'umanità può oggi registrare queste due sublimi vittorie: abolizione della schiavitú, libertà di coscienza. <Certo se si fossero ascoltate le voci degli scettici di tutti i tempi nessuno sforzo, mai, si sarebbe compiuto per superare le vecchie posizioni. E cosí oggi, se dovessimo dar peso all'aprioristico scetticismo di molti estremisti reazionari e rivoluzionari, dovremmo perdere la speranza nella definitiva conquista di quel minimo di civiltà che è il metodo democratico. Ma nulla è piú grottesco di questo pessimismo ostinato e radicale in coloro che, come i socialisti intransigenti, si propongono nientemeno che la realizzazione del socialismo, l'attuazione di una perfetta eterna giustizia tra gli uomini. L'ottimismo nel fine dovrebbe rendere un poco meno pessimisti sui metodi.>

Ma a risolvere le ultime tergiversazioni e i machiavellismi dei teorici è ormai sopravvenuto in questi ultimi anni il fatto sovrano. La forza delle circostanze, piú ancora che una esplicita adesione, ha fatto sí che i socialisti diventassero in tutta Europa i piú intransigenti difensori delle istituzioni democratiche. Essi si trovano a difendere tutto un gigantesco patrimonio materiale, giuridico e morale acquistato in lunghi decenni di lotte e sacrifici; il loro movimento trova le sue piú solide basi non nel partito politico ma in una gigantesca rete di interessi (leghe, cooperative, società mutue, ecc.) che chiedono e impongono costante vigilanza e tutela. I socialisti bene intendono che, non ottemperando a questa funzione tutelatrice, finirebbero per essere soppiantati da altre correnti verso cui fatalmente graviterebbero le forze sindacali e cooperative. Inoltre, nelle esperienze dell'immediato dopoguerra, si sono resi conto che, comunque la si pensi in argomento, il momento di sfidare la borghesia sul terreno della forza è ben lontano dall'essere giunto; essendo il proletariato, come forza politica, ancora una minoranza, meglio vale richiamarsi esplicitamente ai diritti che il liberalismo borghese riconosce alle minoranze. Ma il piú grande ammonimento è venuto ai socialisti dall'esperienza comunista. Il sorgere, alla loro estrema ala sinistra, di un movimento che nega ogni diritto di espressione e di vita alle forze socialiste in nome della dittatura, e la persecuzione che i socialisti hanno subito in Russia, ha dimostrato loro froebelianamente il valore essenziale, intrinseco, non solo come strumento, ma come clima, della libertà e delle istituzioni democratiche. Trotsky, dal suo forzato esilio turco, che impreca contro la tirannia di Stalin e la dittatura di un pugno di burocrati, dopo aver irriso per tanti anni le libertà «borghesi» e i metodi democratici, non è forse la piú consolante riprova della vitalità insopprimibile della esigenza liberale?

Qualche anno ancora e l'adesione socialista al metodo e al clima liberale – adesione esplicita, integrale, definitiva – sarà un fatto compiuto. Rimarrà allora un ultimo passo da compiere perché i socialisti entrino nella logica e nello spirito del liberalismo; passo anche questo inevitabile, ma che richiederà lungo lavoro di educazione presso le masse: e cioè che i socialisti riconoscano che il metodo democratico e il clima liberale costituiscono una conquista cosí fondamentale della civiltà moderna, che dovranno rispettarsi anche e soprattutto quando sarà padrona del governo una stabile maggioranza socialista, anche quando i punti essenziali del programma riformatore saranno sulla via di essere realizzati. Ciò non significa davvero rinuncia al finalismo socialista, ma solo rispetto per alcune forme essenziali di vita associata. Anche i socialisti dovranno impegnarsi a rispettare i diritti delle minoranze dissenzienti, il diritto di opposizione, a qualunque titolo compiuto. Col riconoscerlo non temano di apparire scettici o deboli. Al contrario. Nessuna fede è tanto solida come quella che non teme la critica degli avversari, e che anzi questa critica sollecita come stimolo e limite ad un tempo. Nessun partito, nessun movimento è tanto forte come quello che riconosce il diritto alla vita dei suoi avversari e che dichiara di non voler rinnegare, nel giorno della vittoria, lo spirito di quel metodo liberale che permise ad esso, da piccola debole minoranza, di crescere e di dominare.

<Il socialismo sarà liberale il giorno in cui saprà dire una alta definitiva parola su questo argomento.>

Concludendo, se si chiedesse di illustrare in sintesi le conseguenze pratiche che sgorgano dalle osservazioni svolte nel corso di questi due capitoli, io mi esprimerei cosí:

Sinora l'azione socialista ebbe carattere prevalentemente economico. Ciò fu probabilmente necessario, giacché è utopia l'andar cianciando di morale, di autonomia spirituale, di doveri, di adesione e rispetto al metodo democratico, a chi versa nella miseria e riesce a malapena, con un lavoro logorante e abbrutente, a soddisfare i bisogni primari della vita. Conditio sine qua non è la conquista permanente di un grado relativo di benessere. Tutto cozza contro la miseria. La miseria è la gran nemica, né piú né meno come la ricchezza privilegiata. Le plebi miserabili furono sempre serve dei potenti. La fame equivale a sordità morale e gli appelli moralistici si risolvono fatalmente in prediche.

Ma via via che le condizioni economiche migliorano – e si sono grandemente migliorate – via via che la classe operaia procede nella sua affermazione politica, via via che lo Stato si apre alle esigenze nuove, e la stessa borghesia, nelle sue frazioni piú progressiste, non contrasta piú con l'ostinazione tradizionale il processo di emancipazione proletaria, i problemi di cultura e di moralità debbono salire al primo piano, pena lo smarrirsi e il corrompersi del movimento. Il socialismo non può piú limitarsi alla riforma degli aspetti esteriori della vita associata. Una emancipazione che mirasse solo a eliminare o ridurre la oppressione ambientale; una libertà che fosse tutta e solo negativa, e non si accompagnasse con la riaffermazione dei valori eterni dello spirito, sarebbe la liberazione da una schiavitú in nome di un'altra schiavitú. L'emancipazione o sarà integrale – corpo e anima – o non sarà.

È consolante perciò rilevare come in questi ultimi anni queste esigenze d'ordine spirituale siano venute, sia pure timidamente, affacciandosi nel seno stesso della classe operaia, per merito di quello stesso moto sindacale che sembrava sensibile alle sole quistioni di orario e di salario. La richiesta sempre piú insistente per il controllo operaio, per la compartecipazione alla direzione della produzione, per la costituzionalizzazione del regime di fabbrica, le battaglie su questioni di principio e di dignità, rivelano il sorgere di una dignità nuova nell'operaio medio, che non si accontenta piú dei soli miglioramenti materiali, ma intende affermare la sua personalità autonoma entro e fuori la fabbrica, non solo come cittadino ma anche come produttore. La stessa tesi socializzatrice non viene piú prospettata in termini puramente utilitari e produttivistici. La critica che dalle fila socialiste si leva contro la concezione tradizionale del socialismo accentrato e collettivista, documenta le esigenze nuove di autonomia e di libertà.

Il nostro compito deve consistere nello svolgere queste prime oscure intuizioni dell'anima proletaria, rivelandone tutto il grande valore ai fini di una revisione della impostazione teorica del moto socialista. Aiutare il proletariato a conoscer se stesso, rivelargli le vere cause e gli effettivi rimedi allo stato penoso di inferiorità psichica e sociale in cui versa, concretare in formule politiche il risultato di questo processo di introspezione nell'ordine collettivo. Insistere perché al movimento socialista sia sempre piú di guida un ideale di autonomia e di libertà. Spiegare che, affinché una rivoluzione sia fruttuosa, non basta la conquista dei centri di comando. Procedere non dall'alto al basso, ma inversamente. Concepire il socialismo non come risultato di imposizione di una minoranza illuminata, ma come risultato di persuasione attraverso una lunga catena di esperienze positive. Non avere troppa fede nelle leggi. Si possono fare tutte le leggi, ma se esse non sanzionano uno stato di fatto in via di affermazione e non riposano già sul costume, si risolvono troppo spesso in conati infruttuosi. Avere piú fede nelle proprie forze, lavorare, sperimentare, lottare, senza pregiudiziali e programmi troppo rigidi, solo conservandosi fedeli ad alcune direttive fondamentali. Ciò che in ultima analisi veramente importa è il processo di elevazione della massa e la riforma dei rapporti sociali in base a un principio di giustizia che si armonizzi col rispetto delle libertà degli individui e dei gruppi; e davvero il rispetto convenzionale verso un programma ormai vecchio di cent'anni è in troppe parti superato.

Prima di chiudere questo breve saggio sul socialismo liberale vorrei indicare sommariamente quelli che mi appaiono come gli estremi dell'abito mentale e dello stato d'animo del socialista liberale. Il socialista liberale, fedele alla grande lezione che sgorga dal pensiero critico moderno, non crede alla dimostrazione scientifica, razionale, della bontà delle empiriche soluzioni socialiste e neppure alla storica necessità dell'avvento di una società socialista. Non si illude di possedere il segreto dell'avvenire, non si crede depositario della verità ultima, definitiva, in materia sociale, non china la fronte dinanzi a dogmi di nessuna specie. Non crede che il regime socialista sarà e si affermerà nei secoli per una legge trascendente la volontà degli uomini. Anzi, considerata la cosa freddamente, può anche ammettere in via di ipotesi che le forze del privilegio, della ingiustizia, della oppressione dei molti nell'interesse dei pochi, possano continuare a prevalere. Il suo motto è: il regime socialista sarà, ma potrebbe anche non essere. Sarà se noi lo vorremo, se le masse vorranno che sia, attraverso un consapevole sforzo creatore.

In questo dubbio, in questo virile relativismo, che spinge prepotente all'azione e vuole fare ampio posto alla volontà umana nella storia; in questo demone critico che obbliga di continuo a rivedere, alla luce delle nuove esperienze, la propria posizione; in questa fede nei valori supremi dello spirito, e nella meravigliosa forza animatrice della libertà, fine e mezzo, clima e leva, sta lo stato d'animo di un socialista sortito fuor dal pelago marxista alla riva liberalistica.

L'azione è la sua piú vera divisa. Egli è socialista per tutto un insieme di principî e di esperienze; per la convinzione tratta dallo studio dei fenomeni sociali; ma lo è soprattutto per fede, per sentimento, per adesione attiva – ecco il punto, ecco il vaglio – alla causa dei poveri e degli oppressi. Chiunque questa causa faccia propria non può muoversi nello spirito del liberalismo e nella pratica del socialismo.

Il problema italiano è, essenzialmente, problema di libertà. Ma problema di libertà nel suo significato integrale: cioè di autonomia spirituale, di emancipazione della coscienza, nella sfera individuale; e di organizzazione della libertà nella sfera sociale, cioè nella costruzione dello Stato e nei rapporti tra i gruppi e le classi. Senza uomini liberi, nessuna possibilità di Stato libero. Senza coscienze emancipate, nessuna possibilità di emancipazione di classi. Il circolo non è vizioso. La libertà comincia con l'educazione dell'uomo e si conchiude col trionfo di uno Stato di liberi, in parità di diritti e di doveri, in uno Stato in cui la libertà di ciascuno è condizione e limite alla libertà di tutti.

Ora è triste cosa a dirsi, ma non per questo meno vera che in Italia l'educazione dell'uomo, la formazione della cellula morale base – l'individuo –, è ancora in gran parte da fare. Difetta nei piú, per miseria, indifferenza, secolare rinuncia, il senso geloso e profondo dell'autonomia e della responsabilità. Un servaggio di secoli fa sí che l'italiano medio oscilli oggi ancora tra l'abito servile e la rivolta anarchica. Il concetto della vita come lotta e missione, la nozione della libertà come dovere morale, la consapevolezza dei limiti propri ed altrui, difettano. Gli italiani hanno piú spesso l'orgoglio della loro persona, nei suoi valori e rapporti esterni, che della loro personalità. La loro vita intima è ricchissima, ma unilaterale; ricchissima soprattutto nella sfera sentimentale in cui erompe in forme istintive ed esasperate. La pacata riflessione sui massimi problemi della vita, l'abitudine al commercio col proprio foro interno, quel fecondo tormento spirituale che crea lentamente tutto un prodigioso inondo interiore che solo può dare la coscienza di sé come unità distinta e autonoma, mancano nei piú. L'educazione cattolica – pagana nel culto e dogmatica nella sostanza – e la lunga serie dei paterni governi hanno esentato per secoli gli italiani dal pensare in persona prima. La miseria ha fatto il resto. Ancor oggi l'italiano medio abbandona alla Chiesa la sua autonomia spirituale; ed ora si vede costretto ad abbandonare allo Stato, elevato al rango di fine, anche la sua dignità di uomo, degradato a semplice mezzo. Disposto alla servitú nel dominio della coscienza, lo si forza ora alla servitú nel dominio sociale e politico. Logica conclusione di un processo di passive rinunzie.

Il dolce far niente degli italiani – leggenda insultante nell'ordine materiale – ha purtroppo qualche fondamento nell'ordine morale. Gli italiani sono pigri moralmente, c'è in loro un fondo di scetticismo e di machiavellismo di basso rango che li induce a contaminare, irridendoli, tutti i valori, e a trasformare in commedia le piú cupe tragedie. Abituati a ragionare per intermediari nei grandi problemi della coscienza – un vero appalto spirituale – è naturale che si rassegnino facilmente all'appalto anche nei grandi problemi della vita politica. L'intervento del Deus ex machina, del duce, del domatore – si chiami esso papa, re, Mussolini – risponde sovente ad una loro necessità psicologica. Da questo punto di vista il governo mussoliniano è tutt'altro che rivoluzionario. Si riallaccia alla tradizione e procede sulla linea del minimo sforzo. Il fascismo è, contro tutte le apparenze, il piú passivo risultato della storia italiana. Gigantesco rigurgito di secoli e abbietto fenomeno di adattamento e di rinunzia. Mussolini trionfò per la quasi universale diserzione, attraverso una lunga rete di sapienti compromessi. Solo alcune ristrette minoranze di proletari e di intellettuali ebbero l'ardire di affrontarlo con radicale intransigenza sin dagli inizi.

Mussolini fornisce la misura della sua banalità quando considera il problema della autorità e della disciplina come il problema pedagogico essenziale per gli italiani.

Vivaddio, non è questo che occorre insegnare agli italiani! Da secoli si piegarono a tutti i domini e servirono tutti i tiranni. La nostra storia non offre sinora nessuna vera rivoluzione di popolo. In tutte le epoche della sua storia il popolo italiano ha sprigionato dal suo seno punte altissime, solitarie, inaccessibili; minoranze eroiche, ferrei caratteri; ma non ha saputo mai realizzare se stesso. L'Italia fu la grande assente nelle lotte di religione, lievito massimo del liberalismo, atto di nascita dell'uomo moderno. Il cattolicesimo italico, ammorbato dalla corte romana e dalla passiva unanimità, rimase estraneo anche al processo di purificazione che seguí la Riforma. Il cattolicesimo in terra di monopolio non ha nulla a che fare col cattolico in terra di concorrenza.

Per secoli vivemmo, nel mondo della politica, di luce riflessa e stanche e frastagliate ci arrivarono le grandi ondate della vita europea.

La stessa lotta per l'indipendenza fu opera di una minoranza, non passione di popolo. Solo alcuni centri urbani del settentrione parteciparono attivamente alla rivolta contro lo straniero. Nel centro e nel meridione i Savoia, passato il primo periodo di entusiasmo, equivalsero al Lorena e al Borbone.

La burocrazia piemontese avvolse nelle sue spire ordinate ma soffocatrici tutta quanta l'Italia, spegnendo gli estremi aneliti di autonomia. Il trionfo della corrente monarchica e diplomatica valse, come in Germania, a separare violentemente il mito unitario da quello libertario. Mazzini e Cattaneo furono i grandi battuti del Risorgimento. La stessa libertà politica, che verrà lentamente col passare dei decenni, sarà figlia di transazioni e taciti accomodamenti. La conquista della libertà non è legata in Italia a nessun moto di masse capace di adempiere ruolo mitico e ammonitore. La massa fu assente. Il proletariato non si conquistò le sue specifiche libertà di organizzazione, sciopero, voto, a prezzo di prolungati sforzi e sacrifici. Il suo tirocinio, attorno al '900, fu troppo breve; e il suffragio universale apparve, e fu, calcolata elargizione paternalista. La regola secondo cui non si ama e non si difende se non ciò per cui molto si è lottato e sacrificato, ha avuto la sua riprova piú tipica nella esperienza fascista. L'edificio liberale crollò come cosa morta al suo primo urto e le classi lavoratrici assistettero inerti alla negazione di valori estranei ancora alla loro coscienza.

Quando Mussolini elenca oggi le cifre delle sue greggia e delle sue mute di cani e vanta la unanimità, il partito unico, la scomparsa d'ogni sostanziale contrasto, d'ogni libera iniziativa di minoranze combattive, in nome di una rivoluzione carnevalesca, in realtà non fa che rinnovare i fasti del borbonismo, senza neppure lasciarci la consolazione di saperlo straniero e padrone per virtú di milizie preponderanti.

È bensí vero che la sua faziosità romagnola lo porterebbe alla battaglia; ma la battaglia egli non sa concepirla che in termini di forza bruta; l'orgoglio dispotico del dittatore lo costringe a spegnere sistematicamente ogni ardore di contrasto e di lotta. Pure la sua intransigenza settaria serve la causa della libertà. Coi randelli e le manette, con le raffinate persecuzioni, Mussolini sta costruendo a diecine di migliaia gli italiani moderni, volontari della libertà. La sua furia persecutrice e la logica tremenda degli strumenti repressivi di cui è ormai prigioniero, stanno diventando i nostri migliori alleati.

Per la prima volta nella storia d'Italia la rivendicazione dei diritti inalienabili della persona e del principio dell'autogoverno, si pone come problema di popolo, e non piú come problema di una setta di iniziati. Nessun italiano, per incolto e misero che sia, può ignorare il fascismo e i problemi di vita e di morte dal fascismo sollevati. L'ultimo infelice bracciante della Calabria può oggi soffrire e sperare per la stessa causa che fa soffrire e sperare il piú raffinato intellettuale e lo stesso industriale moderno del settentrione. Attraverso tanti patimenti e umiliazioni la coscienza del valore della libertà sta sorgendo in modo drammatico in vaste zone del popolo italiano. Gli italiani sono forse psicologicamente piú liberi oggi, in questa lotta disperata per la conquista delle autonomie essenziali, di quel che non fossero ieri con lo pseudo Stato costituzionale giolittiano e le migliaia di associazioni indipendenti.

Ciascuno vede il problema – com'è giusto – attraverso la lente del suo interesse e del suo partito, ma il fuoco va diventando unico: la libertà. Gli stessi comunisti, nonostante tanti facili scherni, si vedono costretti a spiegare la dittatura in termini di libertà. L'oppressione fascista prepara l'unità morale del popolo italiano.

Qual è la posizione dei socialisti di fronte al problema della libertà? La dottrina marxista cui in maggioranza ancora aderiscono permette loro di giungere ad una visione integrale della questione italiana, con quella assolutezza ideologica ed etica che è premessa indispensabile per un serio moto rinnovatore?

Non direi. Il socialismo marxista ignora la libertà. Esso assegna alla libertà un valore tutto relativo e storico. Scambiando la sua essenza esterna e immutabile con le sue transeunti manifestazioni, nega addirittura la libertà e non vede che le singole, concrete, provvisorie libertà di classe, truccature piú o meno sapienti degli interessi di classe. Per esso il problema, fondamentalissimo, della libertà morale dell'uomo, non esiste neppure o è tutto e solo in relazione alla soggezione degli uomini al meccanismo economico. Gli uomini di Marx sono, dicevamo, uomini per definizione non liberi, operanti solo e solamente sotto la spinta del bisogno economico, costretti a ricorrere a metodi produttivi e a darsi rapporti politicosocialispirituali imperativi. L'intimo fuoco del marxismo sta nel concetto della necessità storica dell'avvento della società socialista in virtú di un processo obbiettivo e fatale di trasformazione di cose. La volontà umana compare con ruolo secondario, per non dire determinato. I problemi di coscienza, di autonomia, di formazione di libere personalità, non esistono per Marx. Essi sono rimandati all'indomani della trasformazione sociale. Niente è piú utopistico e antiliberale di questo rovesciamento brusco e messianico di posizioni di questo passaggio da un regno dove la necessità domina inesorabile a un regno dove la libertà trionfa sovrana.

La morale, come la libertà, sarebbero prodotti storici, meri riflessi della evoluzione del mondo esteriore. Tanto di libertà nel mondo esterno della produzione, e tanto di libertà nel mondo interiore. Solo emancipando gli uomini dalla schiavitú dei rapporti capitalistici essi diventerebbero liberi. Togliete il monopolio nel campo della proprietà, abolite il sistema attuale dei rapporti sociali – dice Marx – e voi vedrete sorgere automaticamente una generazione di uomini liberi.

Errore e illusione, o per lo meno grandissima unilateralità. Come sempre accade alle tesi innovatrici, il marxismo ha posto in risalto un dato, sia pure essenziale, del problema; ma per affermare quello ha sacrificato tutti gli altri. Vi sono dei valori essenziali nella vita cosí degli uomini come della società che non dipendono da una semplice trasformazione ambientale, che si pongono sempre e dovunque ci si innalzi sopra la vita animale, e che richiedono, per essere compresi, l'educazione e gli sforzi di una lunga serie di generazioni: anzi si può dire che essi costituiscono il presupposto indispensabile per quella stessa trasformazione ambientale dai socialisti auspicata. Se gli uomini non hanno radicato né il senso della dignità né quello della responsabilità, se non sentono la fierezza della loro autonomia, se non si sono emancipati nel loro mondo interiore, non si fa il socialismo. Si fa lo Stato caserma, lo Stato prussiano, uno Stato che è libero nell'etichetta, ma schiavo nella sostanza. Senza la tappa del libero esame e la tappa dell'89, tappe che ad ogni generazione spetta peraltro di ripercorrere, il socialismo si riduce ad un melanconico sogno di burocrati.

L'impotenza del socialismo marxista di fronte ai problemi di libertà e di moralità, si rivela anche nella sua relativa incapacità a penetrare il fenomeno fascista. Esso non vede nel fascismo altro che un fatto brutale di reazione di classe, la forma moderna, tipica, di reazione capitalistica. Il fascismo è, tout court, la borghesia che ricorre alla violenza per opporsi all'ascesa proletaria. Tutto il resto è fumo ideologico, dicono i marxisti. Con un facile semplicismo che vorrebbesi gabellare per realismo, si sorvola su tutto il lato morale della questione, su tutto ciò che di caratteristicamente italiano rivela il fenomeno fascista. Ma l'errore è grossolano. Col solo interesse di classe il fascismo non si spiega. Le squadre d'azione non sorsero solo per l'ira cieca dei ceti retrivi sovvenzionatori. Faziosità, spirito d'avventura, gusti romantici, idealismo piccolo borghese, retorica nazionalista, reazioni sentimentali della guerra, inquieto desiderio del nuovo, qualunque esso fosse, – senza questi motivi il fascismo non sarebbe stato. Dalle sedimentazioni nascoste della razza, dalle esperienze delle generazioni, il fenomeno fascista è venuto fuori quasi per esplosione, stimolato da un evidente interesse di classe, ma profondamente inciso da caratteri che sono indipendenti dai criteri di classe. Nel bolscevismo diciannovista molti degli aspetti non solo estrinseci del fascismo si ritrovavano in pieno. Il fascismo va innestato sul sottosuolo italico, e allora si vede che esso esprime vizi profondi, debolezze latenti, miserie ahimè del nostro popolo, di tutto il nostro popolo. Non bisogna credere che Mussolini abbia trionfato solo per la forza bruta. La forza bruta, da sola, non trionfa mai. Ha trionfato perché ha toccato sapientemente certi tasti ai quali la psicologia media degli italiani era straordinariamente sensibile. Il fascismo è stato in certo senso l'autobiografia di una nazione che rinuncia alla lotta politica, che ha il culto dell'unanimità, che rifugge dall'eresia, che sogna il trionfo della facilità, della fiducia, dell'entusiasmo.

Lottare contro il fascismo non significa dunque solo lottare contro una feroce e cieca reazione di classe, ma lottare contro un certo tipo di mentalità, di sensibilità, di tradizione italiana che sono proprie, purtroppo, inconsapevolmente proprie, di larghe correnti di popolo. Perciò la lotta è difficile e non può consistere in un semplice problema di meccanico rovesciamento del regime. È innanzitutto problema di educazione morale e politica nostra e altrui, dei nostri avversari soprattutto, in ogni caso di tutti gli italiani, indipendentemente da ogni divisione di classe. Ben lungi dal terminare il giorno della rovina fascista, è anzi solo allora che si porranno i problemi costruttivi... Ma perciò la lotta è bella, la lotta è vitale, la lotta è degna veramente di tutti i sacrifici. Ora non sono rari i socialisti che, fisso lo sguardo alla sottostante «struttura economica», ci tengono ad ignorare puramente e semplicemente questi problemi. Che cosa diventa ai loro occhi la lotta per la libertà? Una lotta strumentale, una lotta per la conquista di istituzioni e di posizioni tattiche che hanno un valore transitorio, di convenienza, perché saranno poi negate con l'avvento della società socialista. L'abitudine a considerare il problema economico come il problema chiave, il problema determinante, e a misurare tutti i valori in termini utilitari, fa sí che sfuggano loro i valori profondi e permanenti che solo un regime di libertà è capace di suscitare. Ciò che ad essi interessa è unicamente la forma della lotta politica, e non la sostanza del clima liberale. Quando i marxisti rivendicano la libertà non lo fanno per il suo valore in sé, ma solo perché ritengono che essa favorisca il risveglio proletario e lo stesso sviluppo capitalistico. Posti cosí in contrasto tra il liberalismo nei metodi e l'illiberalismo del fine, è fatale che si sentano a disagio nella lotta per la libertà, e vi partecipano con una infinità di riserve, attenuazioni, sottili interpretazioni, che tolgono alla loro rivendicazione, utilitaria e transitoria, ogni forza di suggestione e di proselitismo. Come si fa infatti ad incitare la classe lavoratrice alla lotta rivoluzionaria in nome della libertà, quando nel momento stesso la si ammonisce che la libertà non esiste, che il metodo democratico è utile oggi ma potrà negarsi domani, che la lotta che facciamo non è, se non molto indirettamente, una lotta socialista? Una vera quadratura del circolo. Da che c'è storia non si sono mai fatte rivoluzioni coi valori relativi. La tattica, il calcolo, possono bensí alimentare una disputa accademica, non mai una battaglia nelle strade. Senza il balenio di un ideale supremo che permei nel profondo la sostanza e i fini della lotta attuale, senza una coscienza vivissima e abbagliante del valore dei beni pei quali si combatte, non si crea una temperatura rivoluzionaria. Finché i socialisti non affermeranno il valore assoluto, in sé, del clima liberale, delle istituzioni democratiche, delle stesse concrete libertà di stampa, di riunione, di pensiero, saranno impotenti ad affrontare vittoriosamente la lotta per la libertà.

Trattenuto da mille perplessità anche per questo motivo si spiega come il socialismo italiano, nonostante disponga delle leve massime per determinare una sollevazione antifascista, non sia riuscito ancora a ottenere un serio risveglio tra le masse. Gli manca la fede profonda nella libertà, e si consuma nella contraddizione tra mezzo e fine.

La superiorità della posizione socialista liberale delineata nel capitolo precedente, pare a me che stia in ciò: che per essa noi ci sentiamo perfettamente a posto in questa lotta per la libertà, che in nulla dobbiamo rinunziare o transigere sul nostro programma, prendendo a prestito motivi propri alla ideologia borghese. Per noi il mito della libertà impregna tutto il nostro programma, perché anche le piú avanzate trasformazioni sociali, le sollecitiamo e le giustifichiamo in nome di un principio di libertà: di libertà piena, effettiva, positiva, per tutti gli esseri umani, in tutti gli aspetti dell'esistenza. Libertà politica e spirituale oggi, perché costituisce la premessa, lo strumento, l'atmosfera indispensabile per la nostra battaglia, anzi un momento immanente della nostra battaglia; e libertà, autonomia nell'economia e nello Stato, domani. Libertà come mezzo e come fine. Lottiamo per il mezzo – il metodo democratico – in quanto esso è tutto penetrato dal fine. La nostra posizione non è che lo svolgimento logico, sino alle ultime conseguenze, del principio di libertà. Il socialista liberale non ha programmi da sospendere, dottrine da tenere in riserva, rivendicazioni da sottacere, perché in contrasto con la impostazione attuale della lotta. Pare a me di scorgere una mirabile armonia, una perfetta rispondenza tra fini e mezzi, tra pensiero e azione, tra lotta di oggi e lotta di domani. E mai come oggi – in cui ogni parvenza di libertà è morta in Italia – io sento la suprema bellezza di una lotta che si svolge intorno ai principî primi della nostra vita e della nostra fede.

Si leva a questo punto la voce del «praticone», del vecchio socialista positivo, realista, ad annunciarci che questi son tutti bei sogni di poeti e di intellettuali; che l'ideale di una lotta per la libertà può animare contro il fascismo solo una piccola minoranza di aristocratici; che la massa, oppressa dal problema del vivere e abituata a guardare al sodo, all'utile, al positivo, si muoverà solo per ragioni economiche; che se le sorti della battaglia antifascista potessero dipendere dall'azione di infime minoranze avremmo forse ragione noi; ma dipendono invece dalla riscossa della massa e quindi è ai bisogni e alla psicologia della massa che è necessario riferirsi; che dunque occorre dare alla opposizione al fascismo un fondamento soprattutto economico, dimostrando che in tanto si reclama la libertà in quanto solo con la libertà i lavoratori vedranno migliorare le loro condizioni di vita e rispettati i loro diritti fondamentali.

In questo ragionamento, in apparenza suadente, si cela una gravissima debolezza ed una contraddizione. Nessuno evidentemente nega la necessità di spiegare in termini positivi il contenuto e le conseguenze della lotta per la libertà, apportatrice di maggiore benessere, di piú pane e di piú companatico. Solo attraverso il reale si arriva all'ideale, ricordava Jaurès. Quanto piú premono le condizioni sociali e ambientali e tanto piú si è negati ad una contemplazione pura dell'ideale.

Ma da questo elementare riconoscimento ad arrivare al cliché di una massa sensibile solo agli aspetti materiali dell'esistenza, ci corre; giacché nel passaggio si perde tutto il valore ideale, tutto l'aspetto finalistico della lotta per la libertà.

Bisogna spezzare il facile ricatto della Massa, che si vorrebbe elevare al rango di nuovo Moloch, sacrificatore della nostra migliore umanità; tanto piú che esso nasconde, assai piú spesso che non si creda, un comodo alibi per la propria impotenza spirituale o uno stupido orgoglio. Sono proprio i presunti avvocati della massa, che vorrebbero impartirci lezioni di umiltà, a peccare per aristocraticismo. Con che diritto essi affidano ad una piccola minoranza – alla quale beninteso si ascrivono – il monopolio di tutti i sentimenti disinteressati? Con che diritto operano questo taglio feroce, ponendo da un lato i pochi, gli eletti; e dall'altro i molti, i paria dello spirito? Non capiscono che cosí facendo condannano precisamente il diritto della massa, il diritto della maggioranza, che verrebbe automaticamente a cedere di fronte a quello degli eletti, della minoranza, appunto perché essa minoranza esprime dei valori qualitativi superiori? Il giudizio pessimistico sulla massa è un giudizio pessimistico sull'uomo, dappoiché la massa non è che una somma di concreti individui. Quando si dichiara la massa incapace di affermare, sia pure attraverso rozze e primitive intuizioni, il valore della lotta per la libertà, si dichiara l'uomo chiuso ad ogni istinto che non sia di natura strettamente utilitaria; ma si taglia contemporaneamente alle radici ogni sogno di palingenesi e di redenzione sociale e si scuote la stessa fede negli istituti democratici, fede che è fondata sulla tesi di una fondamentale identità degli uomini e su un ragionevole ottimismo nell'uomo.

Oppongono i moderni utilitari che è solo nella misura in cui si riescono ad emancipare gli uomini dalla schiavitú dei bisogni materiali che sorge l'apprezzamento per i valori ideali. Ma il ragionamento è falso e pericoloso assieme. Falso, perché per il passato, quando il livello medio di esistenza era infinitamente inferiore all'attuale e la pressione dell'ambiente assai superiore, si ebbero giganteschi fenomeni di esaltazione collettiva per cause religiose, politiche, sociali, che non si spiegano assolutamente col solo motivo economico. Pericoloso, perché ciò equivarrebbe a riconoscere che la borghesia, che è dotata di assai maggiore autonomia economica del proletariato, dovrebbe essere assai piú disposta alla professione di fedi disinteressate. Il che, è quasi ozioso dirlo, urta clamorosamente con la verità e con tutto il pensiero socialista.

In verità la massa non è vero sia negata ad ogni appello che faccia leva su motivi non strettamente utilitari. Nella vita di tutti gli uomini, anche i piú poveri, anche i piú abbrutiti, c'è posto per momenti di riscatto e di catarsi. Nell'ambito familiare questi momenti idealistici tutti li riconoscono: è assurdo negarli nella sfera sociale. La storia di tutti i popoli conosce attimi, sia pure, ma di sublime bellezza, in cui folle intere si apersero ad una visione elevata e disinteressata. Il movimento operaio e la stessa guerra ce ne fornirono degli esempi. Perché supporre che la classe lavoratrice non giunga a sentire la bellezza di una lotta per la libertà, di una lotta che implica come primo sentimento il rispetto di sé e dei propri simili?

Non v'è maggiore schiavitú di coloro che, raggiunta la consapevolezza della loro condizione servile, vi si rassegnano. Non v'è maggiore impotenza di quella di coloro che, intuito il valore ideale della libertà, si inducono a contaminarla, a farne una rivendicazione tutta solo prosaica e utilitaria, in omaggio a una pretesa insensibilità delle masse. Se davvero le masse (cioè l'uomo medio) fossero cosí negate al senso del valore superiore della libertà, sarebbe questa la migliore ragione per reagirvi con una opera paziente di educazione e di proselitismo. I marxisti invece hanno sempre trovato un particolare diletto a spengere in germe i motivi idealistici, sprezzandoli e riconducendoli sempre alle loro pretese origini utilitarie.

Ma nella posizione dei marxisti di fronte al problema della libertà si rivela, oltretutto, una contraddizione. Sostengono da un lato che la massa si potrà muovere solo per interessi materiali; mentre dall'altro le chiedono oggi, nella concreta situazione italiana, di rovesciare violentemente il fascismo. Non intendono che con la molla dell'interesse nessuno sarà indotto ai sacrifici indispensabili di una battaglia rivoluzionaria. Non basta dimostrare alle masse che da un regime di libertà ricaveranno dei vantaggi; bisogna dimostrar loro che i sacrifici di prigione, di esilio, di sangue saranno compensati nell'atto stesso in cui saranno compiuti anche per coloro che li compiono. Il che è manifestamente assurdo. Una lotta rivoluzionaria, a qualunque fine indirizzata, richiede nella massa una disposizione altruistica e idealistica, la capacità di esprimere dal suo seno una minoranza eroica che si sacrifica. Ora in nome di che si sacrificherà la massa se davvero non può muoversi che sul piano assegnatogli dai nostri utilitari?

Mistero dei misteri.

È doveroso dirlo, i socialisti che si mantengono ancora legati alla concezione formalistica e strumentale della lotta per la libertà, sono fatalmente tagliati fuori dalla battaglia e precipitano al compromesso. A un compromesso che potrebbe magari assicurare l'apparenza della libertà ma ne ucciderebbe in germe la sostanza animatrice.

Noi intendiamo dunque chiamare il popolo italiano, la massa, a una lotta rivoluzionaria in nome del principio di libertà. Questo principio di libertà non esclude, anzi include, rivendicazioni di carattere piú positivo e ardite riforme sociali; la lotta per il pane e piú umane condizioni di vita si identifica per tutte le classi e soprattutto per la classe operaia, con la lotta per la libertà; ma il mito animatore della rivoluzione italiana sarà rappresentato dal principio di libertà.

Coloro che ci rimproverano il carattere intransigente dato alla lotta ricordino che nella vita degli individui come dei popoli vi sono ore drammatiche in cui il cozzo di due principî e di due mondi morali reciprocamente escludentisi vieta ogni posizione di compromesso. La regola pratica del liberalismo, la regola del giusto mezzo, cade, potendosi essa applicare solo laddove regna un accordo sui fondamenti essenziali della vita sociale. Il fascismo per primo ha spazzato via il terreno da tutte le comode e quietistiche posizioni intermedie, irrigidendosi in una settaria e categorica proclamazione di principî, scavando un abisso ideologico e pratico tra italiani e italiani, tra Italia fascista ed Europa moderna. Il fascismo è, prima e soprattutto, antiliberalismo: impossibile quindi transigere.

In tutti i paesi la libertà è figlia di rivoluzione. L'Inghilterra col 1648, la Francia col 1798, la Germania e la Russia con le rivoluzioni del '17 e del '18, conquistarono il loro definitivo atto di emancipazione. Sembra quasi che una fatalità storica leghi, attraverso i secoli, la emancipazione dei popoli. Se il popolo d'Inghilterra – ebbe a dire una volta Gladstone – avesse obbedito al precetto della esclusione della violenza e del mantenimento dell'ordine, le libertà d'Inghilterra non sarebbero mai state ottenute.

Coloro che appartenendo a popoli liberi che hanno nel sangue da molte generazioni la religione della libertà, ci invitano al compromesso, non intendono nulla della lotta che si svolge in Italia e sono, inconsapevolmente, i migliori alleati del fascismo. Il fascismo non teme le mezze fedi e le posizioni di transazione imposte dalla sua intransigenza; in otto anni di pratica di governo ha sempre trionfato di tutti i tentativi di aggiramento e di corruzione. Ciò ch'esso teme sono le coscienze rettilinee e la fede pura nei principî; ciò ch'esso ha colpito, barbaramente colpito, sono gli uomini che tutta la loro vita stoica e puritana indicava come i simboli di quest'opera di rigenerazione.

È senza dubbio molto disturbante avere in Europa un problema cosí tragico come quello italiano; ma è inutile illudersi: esso sarà eliminato solo quando sarà risolto. Esiste ormai in Italia o fuori d'Italia una generazione di uomini che hanno scelto il loro destino e per nulla al mondo rinunceranno a condurre la battaglia sino al suo logico sbocco. Sono essi ormai che impongono rotta obbligata alla dittatura e imprigionano il fascismo nella logica orribile del suo sistema repressivo; <il giorno che il fascismo concederà loro uno spiraglio, essi da quello spiraglio faranno passare un esercito.> Nulla questi uomini chiedono agli stranieri, all'infuori di quella comprensione e solidarietà morale che dovrebbero sentirsi come dovere nella comunità dei popoli liberi.

I. L'ideologia.

Nel precedente capitolo abbiamo per sommi capi delineata quella che dovrebbe essere la impostazione della battaglia antifascista da parte di un socialismo penetrato da una piú alta esigenza di moralità e di libertà. In questo cercheremo di stabilire qualche punto di orientamento per il movimento socialista di domani.

La questione è tutt'altro che bizantina. Il domani vaticinato non può essere lontano e giungerà comunque improvviso; e la storia non ammette previsioni e dilazioni. Se i problemi della ripresa socialista non verranno sin d'ora virilmente affrontati, il movimento socialista correrà il rischio, come dopo la guerra, di restar travolto dal ciclone demagogico improvvisatore.

Ma prima ancora di scendere all'esame di codesti problemi, è utile chiedersi quale carattere assumerà questo ritorno alla vita del socialismo. Ripresa pura e semplice nei solchi tradizionali, oppure fresca e originale rinascita?

Coloro che la vita intera spesero sempre nel movimento non si rendono conto della gravità della crisi che stiamo attraversando e si illudono che nulla di sostanziale sia mutato. Consapevoli della profonda penetrazione operata dal socialismo in Italia, e dei vasti residui sentimentali che sono nelle masse, non vedono soluzione di continuità. Pare a loro che i problemi di ieri saranno ancora quelli di domani, che la continuità, assicurata dalle loro persone, sarà confermata dalle cose...

A questa conclusione sono tratti dalla stessa considerazione del fenomeno fascista – che definiscono parentesi irrazionale dovuta a fattori estrinseci e superficiali – e da una vena scettica e fatalistica. Ciò che è avvenuto, essi dicono, doveva avvenire. Il movimento socialista è stato quello che è stato non per volontà di uomini, ma per forza di cose e di imperscrutabili eventi. Le «cose» non si processano. Se lungo il suo glorioso cammino il socialismo ha subito questo brusco colpo d'arresto, ciò non significa che lo si potesse evitare o che i socialisti ne portino colpa. È l'alterna vicenda della lotta tra proletariato e borghesia. Se la reazione ha vinto non è per gli errori commessi dai suoi avversari, ma per gli immensi progressi compiuti e consolidati; progressi che han determinato la reazione con la stessa fatalità con cui la condensazione atmosferica determina la pioggia. Nulla perciò di sostanziale da rivedere. Attendere, sperare, e riprendere coraggiosamente il cammino a via di nuovo aperta. Il fascismo non è che un episodio, I vinti di oggi saranno i vittoriosi di domani.

Non cosí la pensa la nuova generazione. I giovani non amano le comode autoassoluzioni col ricorso a un determinismo a posteriori. Essi pretendono un virile esame delle cause della sconfitta, un serio processo di revisione e di autocritica. Credenti nel ruolo della volontà umana nella storia, non son disposti ad attribuire la sconfitta alla inimicizia degli dei o al ritmo delle forze produttive. Essi sentono chiaramente che il fascismo è ormai una esperienza che lascerà il suo solco nella vita italiana; non può trattarsi alla stregua di un mero accidente o di una semplice parentesi sospensiva. Combatterlo non significa annullarlo. Anzi, tanto meglio lo si combatte e lo si supera, quanto meglio lo si è compreso. Comprendere è superare. Il fascismo è quasi del tutto sfornito di valori costruttivi; ma ha un valore di esperienza, di rivelazione degli italiani agli italiani, che non può trascurarsi. Pur non risolvendoli o risolvendoli male, il fascismo inoltre ha sollevato problemi che non si possono ignorare. Il problema dei rapporti tra socialismo e nazione, il problema del governo in regime di democrazia, il problema dell'autonomia politica, si porranno, a fascismo caduto, con una intensità e uno stile affatto nuovi.

Ma piú ancora che l'esperienza fascista – tremendamente negativa, ma pur sempre incisiva – il deciso rinnovamento sarà imposto al movimento socialista dall'esistenza delle nuove generazioni con le quali sarà necessario prepararsi a fare i conti. Lo stesso prolungarsi del fenomeno fascista – che vieta sotto qualsiasi forma un allacciamento al passato – e le fondamentali esperienze della guerra e dopoguerra, hanno creato nei giovani una mentalità nuova e un penoso distacco cogli elementi della vecchia generazione. Questo distacco è di tutti i tempi e di tutti i luoghi; ma la guerra lo ha reso in Europa piú acuto; e in Italia – per le ragioni accennate nel capitolo sul socialismo italico – addirittura drammatico. Per chi alla guerra partecipò nel fiore degli anni, o nella sua arroventata atmosfera si formò, la guerra è il tragico punto di partenza, la cresima, la impronta indelebile. Per noi, innanzi il '14, non v'è storia vissuta, ma solo storia appresa sui libri, che non suscita in noi echi profondi. Per i nostri vecchi, invece – tolto qualche raro spirito eternamente giovane – il fulcro della loro vita utilmente vissuta è tutto compreso nel venticinquennio 18901915. Dopo vengono le tenebre. La violenta negazione successiva, culminata nel fascismo, si presenta necessariamente come una offesa recata al meglio di loro stessi e all'opera tenace e paziente in cui cercarono di estrinsecarsi. Il domani si presenta loro non come lo sboccare fremente verso un avvenire ricolmo di azzardo e di ignoto, ma come un ritorno, dopo tanto deviare, alle esperienze della loro giovinezza. Il loro sguardo accorato si volge cosí nostalgicamente a un passato che non può tornare e che è fatalmente muto pei giovani. La rottura è stata troppo brusca. Il cozzo delle mentalità vieta ogni stretto rapporto. Vecchi e giovani socialisti possono amarsi, stimarsi, lavorare assieme; ma non si comprendono piú. È fatale che non si comprendano piú. Parlano due lingue diverse. In questo stato d'animo dei giovani c'è probabilmente anche molta ingiustizia verso la vecchia generazione; e quando verrà il tempo di fare la storia, la correzione si imporrà e l'allacciamento per qualche via si compierà. Ma per intanto non è male che li assista questa aspra volontà di rinnovamento e di purificazione; la fede – fosse pure illusoria – di fare per l'avvenire meglio di quel che si fece per il passato, ricavando dalla dura lezione di questi anni tutto l'insegnamento ch'essa contiene.]

Definiamoci dunque in funzione d'avvenire.

Il problema ideologico. Sul problema ideologico abbiamo già detto l'essenziale nel capitolo sul socialismo liberale, perché occorra qui ripetersi. Il socialismo europeo si avvia decisamente verso una concezione e una pratica laburista liberale e verso responsabilità di governo. In Italia seguirà altrettanto. È desiderabile che questo movimento sia consapevole, cioè preveduto e voluto, e non appaia dettato dalle circostanze; e si accompagni a un serio sforzo di rinnovamento ideologico. Il marxismo non può piú aspirare a conservare il ruolo che ebbe per il passato. Se continuasse ad esercitarlo ciò avverrebbe per pigrizia e insincerità. Nessuno, piú, tra i capi socialisti, aderisce intimamente al marxismo; o, se vi aderisce, lo fa con tali riserve e distinzioni da togliergli gran parte del valore pedagogico e normativo. Queste cose vanno dette, alte e forti, senza tema di provocare disincantamenti. E chi non si sente di dirle tolleri in buona pace che altri le dica, senza per questo espellerlo dal socialismo. Bisogna farla finita coll'assurdo timore reverenziale verso tutto ciò che si riferisce a Marx. Dissociare – o per lo meno concedere che si possa dissociare – socialismo e marxismo, riconoscendo nel marxismo una delle molteplici e transeunti teorizzazioni del moto socialista; di un moto che si afferma spontaneamente e indipendentemente da ogni teoria, e che riposa su motivi e bisogni elementari dell'uomo.

Tocco un punto che reputo fondamentale. Si parla di libertà, ci si batte per la libertà. Ma la prima libertà che occorre instaurare è quella all'interno del movimento, rompendo le incrostazioni dogmatiche e i grotteschi monopoli. Il moto socialista deve avere la coerenza di applicare prima di tutto a se stesso le regole ideali che lo ispirano nella riforma della società tutta quanta. La disciplina è propria dell'azione, ma guai a imporla nel dominio delle idee e delle ideologie. La pretesa di voler imporre, attraverso il partito, un abito intellettuale a serie, è quanto di piú mortificante e pericoloso si possa immaginare. Ho già avuto occasione di dire quale gelo, quale paralisi avesse arrecato al partito socialista italiano il monopolio marxista. Questo monopolio – sí, d'accordo, sovente piú formale e fraseologico che sostanziale, perché i piú restano, in fatto di marxismo, al di là del bene e del male – ha bisogno urgente di essere spezzato, per favorire il piú libero estrinsecarsi di tutte le correnti onde si è alimentato per il passato il gran moto di emancipazione sociale. Tra i socialisti italiani si sono andate perpetuando divisioni e incomprensioni che non hanno piú ragione di esistere quando l'adesione ai principî marxistici non sia piú considerata come testo di fede, e quando accanto alla concezione tradizionale del socialismo si ammetta la vitalità o per lo meno la utilità di altre correnti particolarmente sensibili ai problemi morali (socialisti mazziniani, etici, cristiani), o ai problemi di autonomia e di forma politica (repubblicani, autonomisti), o ai problemi di libertà e di dignità individuale (socialisti liberali e non pochi sedicenti socialisti anarchici), ecc. ecc. Negli ultimi trent'anni il movimento socialista italiano si è come cristallizzato e ha perduto progressivamente ogni virtú di assorbimento e di intera ricomposizione. Esso si è ritagliato una fetta, certo cospicua, nel panorama sociale italiano; ma ha finito per accontentarsi di lavorare su quella, rinunziando implicitamente ad estendere la propria influenza e a rinnovarsi; e ha cosí favorito singolarmente il trionfo di altri movimenti, come tipicamente quello democratico cristiano, o ha allontanato da sé ogni fervore di vita culturale. Un movimento socialista italiano che sapesse imporsi la fatica di una profonda revisione di valori, son certo riuscirebbe a convogliare seco – nonostante le diversità di origine – tutte le forze giovani che aderiscono e ancor piú aderiranno, in una Italia libera alfine, alla causa dei lavoratori; e a determinare nello stesso suo seno un impetuoso rigoglio di vita e di discussioni, necessità ineliminabile dei giovani che, entrando nel mondo delle idee, hanno il dovere di fare i conti coi problemi del loro tempo.

Il discorso sulla necessità di un rinnovamento ideologico e di un maggiore liberalismo all'interno del movimento, si allarga a tutto quanto il problema della cultura. I socialisti in genere, e quelli italiani in particolare, sono terribilmente in ritardo in fatto di cultura; in ritardo – intendo – sulle posizioni in cui trovasi il meglio della nuova generazione. Ciò deriva in parte dalla pesantezza dei movimenti di massa, assai conservatori in fatto di ideologia e di cultura; ma in parte, in somma parte – almeno in Italia – dall'attaccamento feticistico alle posizioni del materialismo positivista che contrassegnava la élite socialista trent'anni fa. Essa ha sempre violentemente combattuto ogni deviazione dal socialismo ateo, materialista, positivista; e ha dispregiato come borghesi tutte le correnti giovanili che non aderivano allo schema abituale. Nel suo misoneismo c'era, in verità, oltre a una notevole incomprensione, una discreta dose di presunzione. Perché essa non solo non aveva innovato, al tempo della sua formazione, le posizioni culturali della borghesia tutte dominate dai pontefici positivisti; ma le aveva anzi abbracciate entusiasticamente, seguendo a molti decenni di distanza l'esempio di quelle correnti democratiche borghesi che si accingeva a soppiantare in sede politica. Non avrebbe quindi dovuto meravigliarsi che le nuove couches giovanili socialiste evolvessero in rapporto ai tempi. Ma no. Si trasportò in sede culturale lo stesso abito dogmatico che si portava in politica, e si pretese d'esser giunti in filosofia a verità assolute, definitive, senza possibilità di ritorni e di contraddizioni.

La dialettica, tanto celebrata nel moto sociale, si negò nel mondo delle idee, o vi si rimbalzò in una forma meccanica. Il socialista doveva essere e non poteva che essere, positivista! L'idealismo e lo spiritualismo erano degenerazioni «borghesi»!

Ebbene, bisogna che i socialisti, vecchi e nuovi, si convincano che alcune posizioni dello spirito umano, per contraddittorie che siano, sono insuperabili, eterne come il pensiero, connaturate alla nostra intelligenza, e sfuggono a ogni e qualsiasi rapporto di classe. Non è vero che il socialismo stia in una relazione necessaria con le filosofie materialistiche e positiviste. È ridicolo pensare che verrà giorno in cui gli uomini, concordi sui massimi problemi della vita e dell'essere, abbatteranno religioni e metafisiche per vivere solo e sempre nel regno dell'esperienza sensibile. Quel giorno, che per fortuna non verrà mai, sarebbe un gran brutto giorno. Da che mondo è mondo, questa varietà, questo alternarsi, questo perenne procedere per contraddizioni e per sintesi, è sempre esistito, e non c'è uomo non volgare che non l'abbia provato in se medesimo.

I socialisti troppo audacemente trasportano in sede culturale e spirituale la terminologia politica e le divisioni di classe. Altro frutto del determinismo marxista, altro grossolanissimo errore. La cultura non è né borghese né proletaria; solo la non cultura è tale, o taluni aspetti estrinseci o secondari della vita culturale. Si possono avere dei riflessi di classe sull'arte, ma non un'arte di classe. La cultura di un'epoca, di una nazione, è un patrimonio di valori che trascende il fenomeno economico della classe, per affermarsi come universale. E anche per quanto si attiene a quegli aspetti estrinseci e secondari, a quei riflessi di classe nella cultura, ai socialisti si impone molta prudenza. Perché, è doloroso dirlo, in fatto di attaccamento alla tradizione, al costume, ai gusti, alla morale corrente, il proletario medio non si distingue dal borghese medio. Il proletariato, come tale, si è dimostrato sinora incapace di dar vita a seri movimenti rinnovatori nella sfera della cultura; esso non fa che seguire, a distanza di una o due generazioni, le mode letterarie, artistiche, filosofiche della borghesia colta. Per trovare dei movimenti o dei tentativi seriamente emancipatori nella sfera intellettuale, è piuttosto alle avanguardie di provenienza borghese che bisogna rivolgersi. Di provenienza borghese, non borghesi esse stesse; giacché esse, meno di chiunque altro, aderiscono alla mentalità e ai pregiudizi propri della borghesia. Tanto è vero che è dal loro seno che proviene quasi tutta la élite socialista.

Il lungo discorso comporta una precisa conclusione. Questa: il movimento politico socialista deve adottare, per quanto si attiene all'indirizzo filosofico e culturale, un principio di larga intelligente tolleranza; se per il singolo è comprensibile, anzi doveroso, ogni sforzo per collegare teoria e pratica, pensiero e azione, lo stesso proposito, riferito al movimento nel suo complesso, è un fatale errore. Guai a legare un moto dallo svolgimento secolare e dalla molteplicità insopprimibile dei motivi, a un dato credo filosofico. Guai a voler fissare, come altra volta si fece, una filosofia «ufficiale» del socialismo. Significa o far sorgere tanti socialismi quante sono le correnti o, ipotesi piú verosimile, inceppare, inaridire, isolare il movimento. Significa non rendersi conto della straordinaria complessità e intensità di vita del mondo moderno, dove continuo è l'alternarsi delle posizioni, delle scuole, dei metodi, dove rapidissimo è il logoramento di credenze ritenute incontrovertibili, dove neppure si concepiscono posizioni di riposo. Significa soprattutto dimenticare che l'onda del pensiero, della scuola, dei gusti culturali è assai piú corta e frastagliata dell'onda del moto sociale e socialista; o che per lo meno l'una non coincide con l'altra. Le premesse da cui scaturisce il moto socialista sono cosí elementari ed universali da non implicare nessuno specifico e necessario rapporto con questa o quella filosofia. Una vera filosofia, appunto perché filosofia, potrà sempre giustificare, secondo i casi, e la conservazione e la rivoluzione e la restaurazione. Il caso di Hegel prova per tutti.

La impossibilità, oltre che l'errore, di legare il grande moto socialista a un determinato indirizzo teoretico e, in particolar modo, all'indirizzo marxista, si rivela chiaramente attraverso l'analisi del socialismo contemporaneo. Esso non solo si va emancipando dalla servitú marxista, ma, col crescere in estensione e profondità, si viene colorando in modo diverso nei rispettivi ambienti nazionali. Anche i piú ciechi credenti nell'internazionalismo assoluto della classe proletaria – tipico dei bohémiens e dei perseguitati, proprio di una fase romantica iniziale – sono costretti a riconoscere le sostanziali differenze tra i principali movimenti socialisti del mondo. Differenze che non si spiegano davvero col diverso grado di sviluppo economico dei vari paesi – secondo vorrebbe il marxismo – ma col ricorso a complesse serie causali, la cui sintesi trovasi nella fisionomia delle singole collettività nazionali.

Di tutti i grandi movimenti socialisti, solo la socialdemocrazia austrogermanica si dichiara ancora formalmente aderente al marxismo, nonostante la netta correzione in senso democratico apportata dalla rivoluzione del 1918 e il diffondersi dell'eresia nel movimento giovanile.

La tradizione socialista francese – romantica, umanistica, libertaria – è sempre rimasta estranea all'influenza marxista. La conciliazione fallí sempre, anche nei piú grandi, come Jaurès, che sol nell'impeto oratorio riuscí a superare il dualismo dei motivi. Nei socialisti francesi non si smarrirono mai il culto dell'individualità, la fede nella libera iniziativa operaia, la adesione alla realtà nazionale, il riconoscimento dei fattori morali, il rispetto per la piccola proprietà rurale e artigiana. Proudhon, Sorel, Jaurès, e non Lafargue e non Guesde, sono i legittimi rappresentanti della mentalità socialista francese.

Ancora piú spiccata la originalità del socialismo britannico, decisamente antimarxista, antideologo, antilaico, insensibile o quasi alle lotte di tendenze, amante, per la mentalità empirica cosí tipica negli inglesi, dei problemi concreti. Il partito laburista – geniale sintesi federativa di tutte le forze che si battono per la causa della giustizia e del lavoro – pratica la lotta di classe, ma si è sempre rifiutato di elevarla a supremo canone tattico. Esso mira alla riforma graduale e pacifica della società tutta quanta, senza tragiche opposizioni e soluzioni di continuità. Non intende il socialismo britannico e il fiasco che vi hanno incontrato tutte le correnti a tipo continentale – da Rousseau a Lenin – chi non ponga mente, oltre all'insularità, al cemento religioso che lega tutti i britanni. L'interesse che tutti portano ai problemi dello spirito favorisce la mutua comprensione e tolleranza, e delimita strettamente la divisione e l'urto di classe nella sfera materiale, ammortizzandola. La Camera dei Comuni vede spezzarsi i partiti e ricomporsene dei nuovi, indipendenti dal criterio economico, non appena debba discutere di questioni religiose...

I socialisti italiani – parlo specialmente dei leaders politici – nel loro zelo internazionalistico e nella loro pedissequa accettazione dei canoni marxistici (il marxismo ignora le frontiere e conosce solo la classe), hanno invece troppo spesso forzate le caratteristiche inconfondibili dell'ambiente e della storia italiana. <La sia pur scarna tradizione socialista italiana (Pisacane, Cafiero, Ferrari, Mazzini) fu quasi del tutto trascurata. Se non fosse per il movimento sindacale e cooperativo che viene arricchendosi, specie nelle campagne, di magnifiche originali esperienze, bisognerebbe quasi negare al socialismo politico italiano ogni seria aderenza alla vita italiana.>

Il socialismo italiano dovrà in avvenire preoccuparsi assai di piú degli specifici problemi nazionali, rompendo l'assurdo monopolio patriottardo dei partiti cosiddetti nazionali. Nel progressivo specificarsi e individualizzarsi dei vari movimenti socialisti europei, non si deve scorgere il sintomo del fallimento dell'ideale universalistico del socialismo. Al contrario, vi si deve riconoscere il segno del trapasso dall'astratto al reale, un momento fondamentale e ineliminabile nel cammino ascensionale delle masse, le quali non sono in grado di passare di colpo dallo spirito di categoria e di campanile, alla comprensione piena e vissuta di una solidarietà mondiale. La comunità dei popoli postula i popoli come entità a sé stanti, coi loro originali motivi di sviluppo: solo una sintesi organica delle varie comunità nazionali porterà un giorno alla federazione delle nazioni. Tutto il resto è utopia. La negazione iniziale dei valori nazionali da parte dei precursori socialisti fu la naturale reazione allo stato di profonda inferiorità e oppressione fatta alle masse. Il loro internazionalismo fu soprattutto polemico e non costruttivo. La classe lavoratrice, accostumata a vedere nello Stato lo strumento di una oppressione di classe, coinvolse fatalmente nella condanna e nell'odio anche quella patria che è invece espressione simbolica di una comunanza innegabile di storia e di destino. Oggi che le masse, nei paesi piú progrediti, si vedono riconosciuta piena parità di diritti politici, e sono venute in possesso di mezzi potentissimi per permeare di sé, dei propri bisogni materiali e ideali, lo Stato; oggi, il vieto internazionalismo che nega o rinnega la patria è un controsenso, un errore, una delle tante palle di piombo che il feticcio marxista ha appeso al piede dei partiti socialisti. La guerra ha dimostrato di quale forza il mito nazionale sia dotato. Popoli nolenti sono stati lanciati contro popoli nolenti in una guerra atroce durata degli anni, senza che nei paesi democraticamente organizzati si sia verificato un solo serio tentativo di ribellione. E piú che il mito vale troppo spesso il pregiudizio nazionale. Basta una partita di football o uno scontro pugilistico, ahimè, per dimostrare quanto può sulle masse, anche le piú disincantate, l'istinto patriottardo. Esse si trovano in una fase ancora primitiva e pericolosissima di patriottismo che le rende facili prede d'ogni avventura che si ammanti del falso orpello dell'onore nazionale et similia. Se i socialisti, pur di combattere queste forme primitive o degenerate o interessate di attaccamento al paese, si ostineranno a ignorare i valori piú alti della vita nazionale, non faranno che facilitare il giuoco delle altre correnti che sullo sfruttamento del mito nazionale basano le loro fortune.

II. La pratica.

Il socialismo italiano ha bisogno – che dico? – necessità estrema di un bagno di realismo, di una piú intima presa di contatto col paese, rinunziando alla mediazione per troppi lati deformatrice dello schema marxista. Indubbiamente la teoria materialistica della storia rese inizialmente preziosi servigi col reagire alle considerazioni troppo formalistiche e unilaterali del processo storico; ma, esaurito il suo compito critico, e costretta a servire troppo pedissequamente una tesi preconcetta, finí per condurre a sua volta ad esagerazioni funeste.

Assai piú spesso che non si creda il realismo dei marxisti è un falso realismo. Esso inganna sul peso delle varie forze in giuoco, sui loro rapporti relativi e soprattutto sullo svolgimento storico cui assegna un tema e uno sbocco fissi. Il socialismo marxista ha superato l'utopismo nel fine, rinunciando ai piani di società perfette: ma lo ha trasportato nello svolgimento. Lo svolgimento deve essere sempre necessariamente verso forme di economia collettiva, attraverso una esasperazione progressiva dei contrasti di classe. Variazioni sostanziali nel programma non ne contempla, o, se si verificano, tutto lo sforzo è diretto a svalutarle riducendole al rango d'eccezione. La storia è un gigantesco dramma a tesi, a ruoli obbligati. L'attenzione del socialista marxista è sempre polarizzata sui problemi del capitalismo industriale. Le uniche forme veramente legittime di produzione sono quelle della grande industria razionalizzata e della grande agricoltura razionalizzata. L'unica categoria lavoratrice all'altezza dei tempi è il salariato. Popolo e salariato sono sinonimi nel pensiero marxista. Le altre forme di produzione e le altre categorie lavoratrici sono forme e categorie anfibie, transitorie, retaggio di un mondo economico destinato a scomparire rapidamente; il marxista le considera già sin d'ora come acquisite, assorbite dal grande capitalismo e dall'esercito proletario. Solo il salariato dell'industria è il degno milite della battaglia socialista, perché egli solo può assurgere a una perfetta coscienza di classe e dei suoi compiti rivoluzionari. Il grado del progresso è fornito dal grado di proletarizzazione.

Da questa visione pregiudiziale e sommaria della evoluzione economica sorgono gravi inconvenienti per il moto socialista, specie in paesi agrarioindustriali a lenta trasformazione economica, come tipicamente l'Italia. Il piú grave è l'incapacità di darsi un programma costruttivo in questa fase cosiddetta di trapasso, che pure chiede essa pure di essere vissuta in tutta la sua pienezza. Quel che sorridendo si dice dei grandi pensatori negati ai piccoli problemi della vita d'ogni giorno, si può ripetere per il socialista marxista: abituato a commerciare con le «categorie economiche», i «modi di produzione», il «capitalismo» e il «socialismo» non riesce piú a comprendere i meschini ma pur vitali problemi che si riferiscono alla piccola industria, piccola proprietà agraria, mezzadria, artigianato, fittanza.

È un nuovo aspetto del suo illiberalismo, questa volta diretto non piú contro le ideologie ma contro le cose; e non è certo l'ultima causa della rapida fortuna che riuscirono ad avere in Italia altri movimenti politici – come ad esempio il cristianosociale – assai meno legati a formule rigide aprioristiche.

Sombart ha posto in luce l'errore di coloro che prevedono nel futuro l'esclusivo dominio di un unico sistema economico. Tutta l'esperienza del passato e la natura stessa della evoluzione economica vi contrasta. Nel corso della storia il numero delle forze economiche simultaneamente viventi è andato costantemente aumentando, anche se si è modificata la posizione rispettiva. Sombart prevede che nell'avvenire coesisteranno, accanto a economie di tipo capitalistico, economie cooperative, collettiviste, individuali, artigiane, e la piccola proprietà rurale. Egli pensa – e qui si può discutere – che il capitalismo dominerà ancora a lungo importanti rami della vita economica, specie quelli che ancora si trovano in uno stadio di rivoluzione tecnica, e quelli che sono rivolti alla fabbricazione di prodotti complicati. Ma egli per primo prevede notevoli modificazioni. È probabile che il capitalismo debba rinunciare alla sua egemonia, sottomettendosi sempre piú a limitazioni e interventi da parte dei pubblici poteri; mentre si andranno estendendo le forme di economia regolata, nelle quali il principio del soddisfacimento del bisogno prevale sul principio del lucro. Queste grandi imprese non dominate dai capitalisti si affermeranno soprattutto là dove il bisogno è stabilizzato, la tecnica della fabbricazione è uscita dallo stadio rivoluzionario iniziale, e quindi la vendita e la produzione si aggirano su vie ben note; onde sempre piú superfluo diviene lo spirito d'iniziativa.

Questa concezione cosí variegata della vita economica del prossimo avvenire, è assai meno brillante di quella di Marx, ma è assai piú rispondente alle linee su cui si sviluppa effettivamente la realtà attuale. Si potrà discutere sulla rapidità della evoluzione, sul peso delle forme rispettive, e sul grado dell'intervento; ma non sui fenomeni in sé. I socialisti che vogliono incidere sul serio la realtà del loro tempo e influire su questa evoluzione, non possono continuare a isterilirsi in una critica a priori e lineare, contrapponendo alla evoluzione di fatto una evoluzione ideale che in nessun luogo, Russia compresa, si realizza. La ignoranza, voluta o non voluta, dei fatti può ammettersi ancora per coloro che credono a una rivoluzione prossima di tutto intero l'ordinamento produttivo: non per coloro che hanno una visione organica dello sviluppo, e per coloro cui spettano ormai responsabilità positive.

Questo ragionamento, dicevamo, si applica particolarmente all'Italia. Se v'è un paese in cui le formule facili ed univoche si spuntano contro la insormontabile varietà dei climi, delle culture, delle forme e delle forze economiche, questo paese è l'Italia, madre di almeno due Italie: di un'Italia moderna, cittadina, industriale, e di un'Italia antica e rurale, ancora straniata alla civiltà occidentale, dalle masse ancor vergini e serve, che vive fuori, ostinatamente fuori da quelle condizioni di esistenza che sono premessa indispensabile per il sorgere e l'affermarsi di un solido movimento socialista a carattere marxista. Anche a prescindere da ogni intrinseca valutazione del marxismo, è indubbio che esso si presta a fornire la base solo a un movimento politico che faccia pernio sulle categorie operaie della grande e media industria e su una parte del bracciantato rurale. Cioè, per tornare all'Italia, a un movimento politico che per lungo tempo ancora interesserà solo una frazione, una minoranza della classe lavoratrice italiana, per di piú concentrata in un terzo del territorio. Secondo i dati del censimento del '21, tuttora valevoli, risulta: a) che il 56 per cento della popolazione classificata come lavoratrice, era addetta all'agricoltura, e solo il 33 per cento all'industria e commercio; b) che piú della metà degli occupati nell'agricoltura costituiscono l'esercito imponente dei piccoli proprietari, fittavoli e mezzadri; c) che almeno un terzo degli occupati nell'industria e commercio sono proprietari, conduttori o gerenti – proporzione altissima, che attesta le piccole dimensioni della maggior parte delle industrie; d) che la trasformazione dell'Italia da paese prevalentemente agricolo in paese agricolo industriale si è svolta senza sensibile aumento della quota della popolazione occupata nell'industria e nei commerci (227 / 000 nel 1882, 219 / 000 nel 1901, 200210 / 000 attualmente).

Risulta cioè che, sulla base del programma e della tattica marxista, non si conquista una maggioranza in Italia. O rassegnarsi allo stato di minorità per un numero indefinito di anni e fors'anco di generazioni, o invocare la dittatura. I comunisti italiani, attaccati alla lettera del marxismo, sono logici al pari dei russi nel reclamare la dittatura della avanguardia del proletariato e la fine della libertà.

Dove sono meno logici è quando pretendono di dare ad intendere che la loro dittatura risponda all'interesse di tutta la classe lavoratrice. Il mito socializzatore e il fato proletarizzatore non sorridono infatti a due terzi dei concreti lavoratori italiani. In questi settori l'appello comunista, e anche il socialista vieux style è fatale che risuoni a vuoto, salvo periodi di crisi e di orgasmo. Soprattutto in materia agraria i socialisti marxisti non sono mai riusciti ad interpretare le aspirazioni profonde della gran massa dei contadini italiani. Dominati da pregiudiziali politiche e da pregiudizi economici, essi finirono per infeudare tutto il movimento socialista agli interessi delle categorie operaie del Nord, sollevando le proteste vivacissime dei socialisti meridionali.

Ora i socialisti italiani debbono decidersi. Vogliono rimanere in eterno i rappresentanti specifici di una frazione del proletariato italiano, attendendo buddisticamente che l'evoluzione economica trasformi l'Italia in una Germania o in una Inghilterra con l'80 per cento di salariati industriali? Oppure vogliono mettersi in grado sin da ora, con un programma adeguato e realistico, di cattivarsi la fiducia di tutti, o per lo meno di una grande maggioranza dei concreti lavoratori italiani, onde attuare finalmene loro una politica decisamente favorevole agli interessi del lavoro, della pace e della libertà? Se essi tengono piú ai programmi che ai fatti, ai fini astratti che al moto, alle promesse mitiche che alle realizzazioni, non hanno che da proseguire per la vecchia strada: stiano pur certi che l'ora delle responsabilità positive di governo non suonerà mai per loro, o, almeno, per il loro partito. Anche se saliranno al governo sarà piú per compiervi opera negativa che costruttiva, piú per controllare e prevenire che fare; e, senza volerlo, finiranno al rimorchio dei gruppi borghesi progressisti, non legati da formule rigide e da pregiudiziali estemporanee. In ogni caso essi tradiranno per questa via la loro piú vera missione: perché il movimento socialista deve, per definizione, investirsi degli interessi e dei problemi della intera classe lavoratrice e non di una frazione, grande o piccola che sia. Se viceversa sentono che anch'essi non potranno sottrarsi nel vicino domani a quella che è ormai una necessità per tutti i partiti socialisti del mondo – vale a dire la responsabilità del potere – si preparino sin d'ora ad una profonda revisione del loro programma, della loro tattica, della struttura stessa del movimento, in guisa da crearsi la possibilità di conquistare una salda maggioranza. Col dir ciò non si chiede ai socialisti di rinunziare ai loro ideali, di gettare tra i ferrivecchi della propaganda il sogno di una società regolata su un principio di giustizia e di libertà. Tutt'altro. Si chiede anzi di non compromettere la possibilità di reali progressi in quel senso con l'attaccamento morboso a formule, a programmi, a metodi superati; si chiede di non trasformare i mezzi tecnici, strumentali, in fini, ovvero di usare mezzi sempre adeguati ai fini parziali che ci si propone di raggiungere; si chiede insomma di mettersi al passo con la realtà economica e psicologica del loro paese, di non baloccarsi coi sogni delle apocalittiche trasformazioni e di non contare su improvvise quanto inconcepibili conversioni di masse. Sostituire al vecchio programma marxista un programma anche dal lato finalistico piú ampio, meno storicamente e socialmente condizionato, che facendo appello a motivi e ideali universali sia capace di avvincere non questa o quella frazione di lavoratori, ma tutti indistintamente i lavoratori italiani.

Al mutamento del programma dovrà corrispondere un mutamento nelle forme organizzative. L'antico dualismo tra partito e movimento operaio non potrà prolungarsi. Quanto piú si porranno al primo piano i problemi del moto, e tanto piú dovrà farsi sentire il peso anche politico delle organizzazioni operaie. La democrazia operaia vive nei sindacati, non nel partito: il partito tende sempre in una certa misura alla dittatura in nome di una ideologia e di fini lontani che si vogliono imporre non per la loro concordanza col sentimento dei piú, ma per la loro presunta bontà intrinseca. Io sono esplicitamente favorevole ad una riorganizzazione del movimento socialista su basi affini a quelle del partito del lavoro britannico: far centro cioè sul moto operaio, tendente per legge fisiologica all'unità ed efficacissimo smorzatore degli urti interni, specie se di origine ideologica; e accompagnar quello con una costellazione di gruppi politici, di associazioni culturali, di organismi cooperativi, mutualistici, ecc. Concepire cioè il partito di domani con uno spirito ben piú largo e generoso di quel che ieri non fosse, come sintesi federativa di tutte le forze che si battono per la causa del lavoro sulla base di un programma costruttivo di lavoro. Esso dovrebbe aver riguardo soprattutto ai compiti immediati, ai fini conseguibili in uno spazio ragionevolmente breve di anni. Un solo punto dovrebbe restar fermo: e cioè accettazione nel fatto (sui libri si sbizzarriscano pure i filosofi della storia) del metodo liberale di lotta politica. Qui non saprebbero ammettersi equivoci o contraddizioni. Non si può organizzare la rivoluzione e pretendere contemporaneamente dagli avversari che si rassegnino a una graduale penetrazione dello Stato sino alla pacifica conquista del potere.

Una riorganizzazione del movimento socialista italiano sulle linee piú sopra accennate – riorganizzazione che vive già in potenza nella alleanza delle sinistre italiane nella lotta per la libertà e la repubblica del lavoro – contribuirebbe immensamente a risolvere quello che sarà il piú delicato problema del domani postfascista: assicurare un saldo governo all'Italia. Non c'è dubbio che una delle cause del trionfo fascista fu dovuta alla degenerazione della vita parlamentare, alla impossibilità di raggruppare attorno a un programma costruttivo un nucleo omogeneo di forze. I socialisti, che saranno inevitabilmente al centro del governo di domani, dovranno mettersi in grado di valorizzare con un programma realista e una organizzazione elastica i vasti consensi che certamente avranno in larghi strati della popolazione. Dico di piú: il passaggio alle responsabilità di governo imporrà ai socialisti di attenuare il troppo rigido concetto di classe, incompatibile con un normale funzionamento delle istituzioni democratiche. I partiti, quando salgono al potere, non debbono governare per sé, ma per tutti, acquistando un valore di universalità. Sulla base di un programma di classe il socialismo in Italia né avrà una maggioranza, né avrà il potere. Esso dovrà prepararsi a dilatare il suo fronte a tutta quanta la classe lavoratrice, e a governare in nome di un valore – il lavoro – <che a buon diritto può dirsi interessi tutti gli uomini, poi che tutti gli uomini, o quasi, concorrono, in un modo o nell'altro, all'opera della produzione.

Anche da questo punto di vista sarebbe augurabile il sorgere di una nuova formazione politica. Non essendo piú legata formalmente al passato, essa sarebbe assai piú sciolta da ogni obbligo di coerenza coi programmi e metodi antichi, e potrebbe piú liberamente elaborare, sulla base delle straordinarie esperienze del quindicennio, un programma rinnovatore.>

Appendice: I miei conti col marxismo

Li vado facendo da parecchi anni sotto la scorta di molti nemici e carabinieri dottrinali, in compagnia di pochi eretici amici. Voglio renderne conto qui prima di tutti a me stesso, poi a quei miei compagni di destino che non credono terminate alle Alpi le frontiere del mondo.

Sarò chiaro, semplice, sincero e, poi che i libri mi mancano, procederò per chiaroscuri senza i famosi «abiti professionali» e i non meno famosi «sussidi di note».

Intanto, chi sono.

Sono un socialista.

Un socialista che, malgrado sia stato dichiarato morto da un pezzo, sente ancora il sangue circolar nelle arterie e affluire al cervello. Un socialista che non si liquida né con la critica dei vecchi programmi, né col ricordo della sconfitta, né col richiamo alle responsabilità del passato, né con le polemiche sulla guerra combattuta. Un socialista giovane, di una marca nuova e pericolosa, che ha studiato, sofferto, meditato e qualcosa capito della storia italiana lontana e vicina. E precisamente ha capito:

I.   Che il socialismo è in primo luogo rivoluzione morale, e in secondo luogo trasformazione materiale.

II.   Che, come tale, si attua sin da oggi nelle coscienze dei migliori, senza bisogno di aspettare il sole dell'avvenire.

III.   Che tra socialismo e marxismo non v'è parentela necessaria.

IV.   Che anzi, ai giorni nostri, la filosofia marxista minaccia di compromettere la marcia socialista.

V.   Che socialismo senza democrazia è come volere la botte piena (uomini, non servi; coscienze, non numeri; produttori, non prodotti) e la moglie ubriaca (dittatura).

VI.   Che il socialismo, in quanto alfiere dinamico della classe piú numerosa, misera, oppressa, è l'erede del liberalismo.

VII.   Che la libertà, presupposto della vita morale cosí del singolo come delle collettività, è il piú efficace mezzo e l'ultimo fine del socialismo.

VIII. Che la socializzazione è un mezzo, sia pure importantissimo.

IX.   Che lo spauracchio della rivoluzione sociale violenta spaventa ormai solo i passerotti e gli esercenti, e mena acqua al mulino reazionario.

X.   Che il socialismo non si decreta dall'alto, ma si costruisce tutti i giorni dal basso, nelle coscienze, nei sindacati, nella cultura.

XI.   Che ha bisogno di idee poche e chiare, di gente nuova, di amore ai problemi concreti.

XII.   Che il nuovo movimento socialista italiano non dovrà esser frutto di appiccicature di partiti e partitelli ormai sepolti, ma organismo nuovo dai piedi al capo, sintesi federativa di tutte le forze che si battono per la causa della libertà e del lavoro.

XIII.   Che è assurdo imporre a cosí gigantesco moto di masse una unica filosofia, un unico schema, una sola divisa intellettuale.

Il primo liberalismo ha da attuarsi all'interno.

83

Le tesi sono tredici.

Il tredici porta fortuna.

Chi vivrà vedrà.